비틀린 역사 속 시한폭탄 가문

비틀린 역사 속 시한폭탄 가문

발행일	2025년 9월 12일
지은이	정유진
펴낸이	손형국
펴낸곳	(주)북랩
출판등록	2004. 12. 1(제2012-000051호)
주소	서울특별시 금천구 가산디지털 1로 168, 우림라이온스밸리 B동 B111호, B113~115호
홈페이지	www.book.co.kr
전화번호	(02)2026-5777	팩스	(02)3159-9637
ISBN	979-11-7224-845-1 03810(종이책) 979-11-7224-846-8 05810(전자책)

잘못된 책은 구입한 곳에서 교환해드립니다.
이 책은 저작권법에 따라 보호받는 저작물이므로 무단 전재와 복제를 금합니다.
이 책은 (주)북랩이 보유한 리코 장비로 인쇄되었습니다.

작가 연락처 문의 ▶ ask.book.co.kr
전용 게시판에 문의를 남기시면 저자에게 직접 전달됩니다.

(주)북랩 성공출판의 파트너

북랩 홈페이지와 SNS에서 다양한 출판 솔루션을 만나 보세요!

홈페이지 book.co.kr   •   블로그 blog.naver.com/essaybook   •   출판문의 text@book.co.kr
카톡채널 북랩

비틀린 역사 속 시한폭탄 가문

정유진
소설

작가의 말

안녕하세요. 배우 겸 작가. 애소 정유진입니다. 처음으로 독립 출판한 『벙거지 괴물』 이후 두 번째로 독자분들에게 선보일 4개의 엽편을 완성하였습니다. 이전 작품에도 조금씩 조짐이 보였고 그때 작가의 말에서도 다음 작품에 대해 말했던 것이 있었는데. 이번 작품들은 상당히 하드코어한 장면을 담고 있습니다. 그만큼 각 소설 속 수위 높은 폭력적인 행위나 욕설, 비하 표현이 난무합니다. 하지만 자칫 문제가 될 수 있는 요소들을 제가 작품 속에 녹인 이유는, 바로 제가 작품들을 쓰면서 말하고 싶었던 메시지를 전달하는 요소로써 사용했습니다.

작품 속 폭력의 수위에 대해 굉장히 여러 번 고민했지만 결국은 마음을 굳히게 된 계기가 하나 있었습니다. 현재의 세상 속에

선 소설보다도 더 소설 같은, 그리고 일어나선 안 될 폭력적인 일들이 비일비재하게 일어나고 있습니다. 하지만 지금 제가 쓴 작품들은 모두 픽션. 즉 '소설'입니다. 모두 가상의 세계 속 가상의 주인공들이 이야기를 진행하고 있습니다. 비록 실제 역사가 배경이며 실존 인물들이 언급되거나 등장하지만 주인공들은 모두 가상의 인물로, 실존했던 사건과 인물들과 접촉하게 하면서 거기서부터는 실제 역사가 아닌 허구의 이야기로 만들었습니다. 그리고 '각 엽편들의 주인공들이 자신들과 대립 관계에 있는 사람들에게 최대한 공격적으로 대한다'는 모든 작품을 관통하는 큰 주제를 전달하는 데 있어 '폭력'만큼 빠르고 확실하게 제 메시지를 전달할 만한 다른 소재는 없더군요. 그렇기에 제가 네 작품을 모두 관통하는 큰 주제의 메시지 전달을 위해 '폭력'을 주요 소재로 삼게 되었습니다.

폭력적인 언행이 난무하는 이번 작품들이 어떤 사람들에게는 당연히 불편하게 느껴질 수 있지만 저는 독자분들에게 불편함이 아닌 쾌감을 주기 위해 쓴 작품이며 이를 위해 주인공들과 대립 관계에 있는 사람이나 단체들 또한 악랄한 존재로 설정했습니다.

어떤 독자분들에게는 제 의도가 잘 맞을 수도 있지만 그 안에서도 의견이 분분할 수 있습니다. 만약 그렇다면 전 굉장히 좋을 거 같습니다. 불쾌함과 쾌감 사이의 그 애매한 경계 속 다양한 감정들을 느끼셨으면 좋겠습니다. 그리고 마지막으로 저는 소설 속 주인공들의 수위 높은 말이나 행동에 내해 절대 참여를 지지하거나, 권장하지 않습니다.

목차

작가의 말 _ 05

깨어 있는 자 _ 11
악마라 불리던 한 조선인 이야기 _ 69
잠자는 괴물을 건드린 군인 _ 101
흉악범 도살자 _ 129

유럽과 아메리카, 아시아 등 모든 대륙과 나라에는 대부분 노예제도가 있었고 조선시대, 현재의 대한민국 또한 과거에 노비가 존재했고, 그들을 휘두르고 착취하는 자들이 존재했다. 하지만 어디에서나 다른 이들을 짐승보다도 못한 취급하며 부려먹는 놈들을 부정하고 그들에게 핍박받는 자들을 돕고자 한 존재가 있었을 것이다.

원치 않는 이별

때는 노비가 없으면 양반집은 고생하고, 그런 그들을 위해 아예 도망치는 노비를 쫓는 '추노꾼'이라는 직업까지 있었던 조선시대 한 양반집 뒤뜰. 부부 내지는 연인 사이로 보이는 노비 두 남녀가 무릎을 꿇은 채 벌을 받는 것으로 보인다. 두 노비 모두 굉장히 곱상한 외모로 보아 나이는 꽤나 어려보이는데, 대체 뭘 잘못했길래 벌을 받는가 했다. 그때 둘을 벌하고자 하는 양반 대감이 입을 뗐다. "이런 독한 연놈들 같으니라고. 지금 이번이 벌써 세 번째다. 내가 분명히 말했을 텐데? 죽지 않는 한 이 집에서 나가는 방법은 없다고. 안 되겠다. 저번에는 전부 사내놈한테만 벌을 줬었지? 이번엔 다른 방법을 써야겠군." 그러더니 곧장 노비들을 감독하는 한 형제에게 말했다. "여봐라 저 계집년을 멍석에 넣어 만 다음 몽둥이로 매우 쳐라!" 대감의 말을 들은 남자 노비가 사정하며 말했다. "안 됩니다. 대감마님! 이 애는 아무 잘못 없어요. 전부 다 제가 도망치자고 꼬드긴 겁니다. 맞아야 할 놈은 접니다. 그리고 이렇게 예쁘게 생긴 애 몸에 흉터라도 생기면 값어치가 떨어질 거에요. 그니까 제발 부탁입니다 대감마님! 이 애는 잘못한 거 하나 없는 아이예요." 하지만 대감은 그의 말을 전혀 듣지 않았고 곧장 여노비를 멍석에 말아 노비 감시대 형제에게 폭행하라 했고, 형제는 곧장 여노비를 멍석에 넣어 만 뒤 나무 몽둥이를 휘두르자. 함께 벌을 받던 남자 노비는 온몸을 날려 멍석 위로 달려들어 대신 맞기 시작했다. 이 모습을 본 대감은 맞는 게 소원이면 계속 맞으라 말했고, 그렇게 몽둥이질은 계속되었다. 그 과정에서 여노비는 아무것도 할 수 없었다. 그저 눈물을 머금으며 자기 대신 맞고 있는 노비를 끌어안는 수밖에 없었다. 그렇게 한참 동안 매질이 진행되었다. 그렇게 남자 노비의 등이 완전히 멍투성이가 될 정도로 행해진 매질이 멈추자 남자 노비는 곧장 죽을 거 같은 행색이 되었다. 이런 모습을 본 대감은 말했다. "이런 독한 놈. 뭐 별 수 없지. 그렇게 이 집에서 나가는 게 소원이면 내 그렇게 해주지. 여봐라 이제 이놈은 건넛마을 풍양 조씨 양반댁에 그냥 넘겨줘라. 값은 받지 않아도 되니까. 어차피 곧 죽을 거 같은 놈인데 돈도 안 될 거 같아서 말이야. 아, 그리고 가슴 쪽에 낙인이라도 하나 찍어 놔라. 그래야 받는 쪽에서도 놈이 틈만 나면 도망치는 독한 놈이라는 걸 알지. 계집년 몸에도 하나 새겨 놔. 목이나 팔뚝 부분에 찍으면 될 거 같네." 그렇게 남자 노비는 자신이 사랑하는 사람을 둔 채, 오른쪽 가슴팍에 노비를 상징하는 낙인이 찍혀진 채 그대로 다른 양반집으로 강제로 쫓겨났다. 하지만 그럼에도 그의 탈출 의지는 쉽게 꺼지지 않았다. 새롭게 건너온 다른 양반집에서도 다른 노비들 중 탈출하고자 하는 노비들과 입을 모아 모두 도망치는 데 성공했으나, 얼마 못 가 풍양 조씨 양반댁에서 보낸 추노꾼들에게 모두 잡혀 강제로 다시 돌아가야 했다. 자신의 애인을 찾아 함께 도망치려 했던 계획이 무너졌고 함께 도망쳤던 노비들 모두가 이제는 완전히 끝났다 생각했지만 이는 동시에 새로운 시작이었다. 생긴 건 임꺽정처럼 투박하게 생긴 한 이상한 양반을 만났으니.

곱상한 노비,
투박한 양반의 첫 만남.

 2명의 추노꾼들이 도망친 노비들을 붙잡아 줄로 포박한 뒤 그들의 원래 주인에게로 향하고 있었다. 한참을 걷던 그들은 잠깐 쉬기로 하고 추노꾼들은 나무에 기댄 채 쉬었고, 붙잡힌 노비들은 무릎을 꿇은 채 바닥에 앉아 쉬기 시작했다. 그때 이름 모를 한 사내가 한 손에 긴 지팡이를 짚으며 그들에게 다가왔다. 사내가 등에 메고 있는 지게에 실린 짐들은 그를 마치 보부상처럼 보이게 만들었으나 그의 인상착의는 꽤나 고된 길을 걸어온 듯했지만 그래도 나름의 고운 때깔을 보여주었으니 양반으로 보이기도 했다. 참 희한한 행색의 사내는 노비들과 추노꾼들 바로 옆으로 다가와 앉더니 말을 걸었다. "자네들은 누군가? 혹시 추노꾼들인가?" "예, 그렇습니다만. 무슨 일 있으십니까?" 그는 자신의 호패를 보여주더니 자신이 매고 있던 봇짐들을 풀기 시작했다. "아 다름이 아니라 내가 찾고 있는 사람이 있는데 그 자도 양반집 자제들로 보이더군. 혹시 자네들이 잡은 노비들은 어느 집 노비인가?" "이 근처 안동 김씨 댁의 어르신께서 소유하고 계십니다." 추노꾼의 말을 들은 양반은 노비들에게 질문했다. "음 그럼 내가 찾는 집은 아닌데. 그럼 자네들이 잡은 노비들한테 물어보겠네. 혹시 여기 있는 사람들 중에 풍양 조씨 어르신 댁에서 지금 안동 김씨 댁으로 팔려 온 노비 있는가? 그 집 대감님 존함은 '조부경'인데." 그러자 한 노비가 묶인 두 손을 들며 말했다. "제가 예전에 있던 집이 풍양 조씨 집안이었습니다. 조부경 어르신께서 그 집 대감마님이셨습니다." 노비의 말을 들은 양반은 노비에게 다가가더니 흡족해하며 말했다. "그럼 자네는 왠지 내 일에 굉장히 큰 도움이 될 것 같구만. 자네 지금 끌려가는 양반집에는 얼마에 팔렸었나?" "그냥 값 없이 넘어가긴 했습니다만 그 전에 있던 양반집에 선 한 40냥[1] 정도. 말 한 마리 값이랑 비슷합니다." 노비가 자신의 몸값을 얘기하자 양반은 추노꾼들에게 말했다. "이봐, 내 자네들과 거래 하나 하지. 이 자가 한 40냥 정도에 팔렸다 하니까 그만한 값을 줄 테니 이 노비는 나한테 넘기게나." 이름 모를 한 양반이 꽤나 혹 할 만한 거래를 제안했지만 추노꾼들은 거절했다 "죄송하지만 안 됩니다. 그건 지금 저희가 가고 있는 양반댁 대감께서 정하셔야 합니다. 대감마님과 얘기해보세요." 하지만 그 양반의 생각은 견고했고 그 생각을 막고자 하는 추노꾼들의 생각 또한 견고했다. 그러자 양반은 봇짐 속의 술병과 잔을 꺼내더니 말했다. "역시 그냥은 거래가 잘 성사가 안 되더군. 그럼 술을 좀 줄 테니 마시면서 다시 한번 잘 생각해주게나. 독이 들었을까 하는 걱정은 안 해도 되네. 내가 먼저 한 모금 마실까?" 병째로 술 한 모금을 마신 양반은 추노꾼들에게 술잔을 주다 호탕하게 웃으며 말했다. "하하, 내 정신 좀 봐. 내 잔을 안 꺼내왔구먼. 일단 자네들 먼저 마시고 있게나. 난 내 술잔 꺼내오겠네. 저 봇짐들

---

[1] 조선시대 화폐 상평통보의 단위로 1냥에 현재가치로 약 20,000원 정도이다.

속에 있거든." 그렇게 추노꾼들이 양반에게 가 있던 관심이 전부 술로 옮기자 양반은 자기 술잔을 찾는 척, 봇짐 속에 다른 물건을 꺼냈다. 술에 정신이 팔려 있던 추노꾼들이 얼핏 양반을 보자 소스라치게 놀랐다.

*

양반이 꺼내든 건 10연발이 가능한 '수노기'라는 쇠뇌였고 양반은 곧바로 이 말을 하며 한 추노꾼에게 화살 3발을 연속으로 쏴 정확히 허벅지와 심장을 맞혔다. "역시 이게 없으면 웬만해선 거래 성사가 잘 안 되더라고." 화살을 맞은 추노꾼은 그 자리에서 곧장 즉사했고, 다른 한 명은 재빨리 허리에 찬 단도를 꺼냈지만 연발 쇠뇌를 들고 있는 양반과는 싸움이 안 된다는 판단하에 곧장 단도를 버리곤 두 손을 들고 양반의 거래를 승낙했다. "예, 알겠습니다. 나으리. 일단 진정하시고 제 얘기 한번 들어주십시오. 대신 값은 정확하게 주셔야 합니다. 안 그러면 그 이후에 저뿐만 아니라 나리께서도 위험해질 수 있습니다." 그러자 양반은 입고 있던 두루마기의 소매 속에 있던 엽전을 꺼내더니 거래를 성사시

컸다. "자 5관[2]. 이 정도면 여기 자네가 잡은 노비들 값 다 하고도 남는 값이야. 이 돈 받고 다 냥 단위로 바꿔서 맞는 값 자네 고용한 양반집에 정확한 값 주고 남는 값은 자네 쓰게나. 그럼 거래는 성사된 거지? 그럼 빨리 여기서 꺼지시게." 살아남은 추노꾼은 돈을 받고 그대로 도망쳤고. 양반은 도망친 추노꾼이 두고 간 단도를 들어 붙잡힌 노비들을 포박하던 줄을 잘라주고 엽전 한 꾸러미와 칼 몇 자루를 던져주며 말했다. "이게 무슨 사람을 다루는겨? 짐승을 다루는겨? 아까 풍양 조씨 집에서 왔다는 친구는 나랑 같이 가도록 하자. 그리고 나머지 친구들은 내가 준 돈 알아서 잘 나눠서 근처 마을로 가서 옷이나 사 입어. 왜 행색이 그러냐 누가 물어보면 원래 너희들은 노비가 아니고 평민인데, 산 넘다 웬 산적 놈들한테 다 뺏겨서 그런 거라 말하면 돼. 그리고는 알아서 각자 자기 갈 길 가게나. 아 그리고 여기 가기 전에 여기 죽은 고슴도치는 내가 가시 빼면 잘라서 피를 좀 내놓고 가라. 그 다음부터는 산짐승들이 알아서 정리해줄 거야. 그 정도는 해줄 수 있지?" 다른 노비들은 고개를 끄덕였고 양반은 풀었던

---

[2] 조선시대 화폐 상평통보의 단위로 가치는 냥의 10배로 현재가치로 환산하면 약 200,000원 정도이다.

봇짐을 다시 맨 채 자신이 점 찍은 노비와 함께 길을 나섰다. 양반은 가는 동안 노비에게 자신에 대한 정보를 조금 알려주었다. "나는 그냥 진사 합격한 양반 정도고 과거는 안 봤으니까 그냥 정 진사라고 알고 있으면 돼. 자네는 이름이 어떻게 되나?" "이름. 그런 거 없습니다." 이름이 없다는 말을 듣자 정 진사는 소매 속 한 종이를 꺼내 그에게 주었다. "뭐라 써 있는지 알겠나?" "獷人. 광인? 광인 맞습니까?" "오, 맞아. 노비여서 배움의 기회가 없었을 텐데 굉장히 잘 아는 구만. 근데 앞에 사나울 광 자는 다른 뜻도 가지고 있어. 깨달을 경. 경인. 이름이 없다면 이 이름은 어떤가? 미안. 내가 이름 짓는 재주가 없어서." "아닙니다. 전 너무 좋습니다. 뜻도 너무 좋아요." "그럼 다행이네. 자 그럼 지금부터는 내가 뭔 일을 하고, 자네는 뭘 도와주면 되는지 말해줄게. 우선 나는 죄지은 놈들을 잡는 걸 부업으로 하고 있지. 주로 살인사건의 주범들을 위주로 말이지. 그놈들 목에 걸린 돈이 꽤나 큰 편이니까. 근데 최근에 한 형제가 갑자기 수배되었네. 친한 사람들이랑 기생집에서 놀다 싸움이 나서 결국 그 사람들을 죽인 죄로 수배되어 있어. 근데 들리는 소문에 의하면 그놈은 지금 다른 지방에 있는 양반집에서 노비들 감시하는 일을 하고 마음에 안 드는 노비들 착취하면서 산다고 하더라고. 내가 처음 자네를 봤을 때 자네한테 물어본 양반집에서 말이야. 자네가 그 집에서 노비로 있었다 하니 이 자들도 알겠구만?" 자신의 정체를 알려준 정 진사는 곧장 형제의 모습이 그려진 수배 전단서를 보여줬다. "네, 예전에 있던 양반집에서 자주 본 얼굴들입니다. 이 사람들한테 맞기도 많이 맞았구요." "그래. 그럼 일단은 가까운 마을로 내려가지.

거기 주막에서 자네 밥이라도 먹여야겠구만. 이렇게 야위어서야 뭘. 그리고 내가 가는 길이 맞으면 여기서 제일 가까운 마을에서도 잡아야 할 놈이 하나 있어." 그렇게 정말 우연히 만나 함께 다니게 된 둘은 산을 내려가 근처 마을로 향했다. 허나 마을로 내려가는 동안 경인이 실수로 발을 헛디뎌 발을 접질리는 사고가 일어났다. 하지만 정 진사는 그런 경인을 나무라지 않고 본인이 직접 경인의 팔을 본인 어깨에 걸쳐 일으킨 뒤, 본인이 짚던 지팡이마저 빌려주며 계속 산을 내려가니 그 당시로서는 상당히 보기 드물거나 아예 볼 수 없는 양반이었다.

정 진사의 사냥 실력은?

 마을에 도착하고 식사를 위해 한 주막을 찾으며 걷는 동안 마을 사람들은 둘을 이상하게 쳐다봤고, 정 진사는 이를 굉장히 의아해했다. "뭐여, 왜 다 쳐다보는겨?" 정 진사의 궁금증은 경인이 해소해줬다. "누가 봐도 노비로 보이는 한 놈이 누가 봐도 양반으로 보이는 사람이랑 서로 어깨동무하면서 걷는 꼴을 다들 처음 보는 거죠." 그리고 한 주막에 도착할 즈음 경인의 접질린 발도 어느 정도 나아진 듯했다. 주막에 주모는 둘을 보자마자 바로 정 진사에게 경인에 대해 묻기 시작했다. "저, 나으리 죄송하지만 나으리 옆에 있는 사람 행색을 보니 노비 아닙니까? 노비는 이런 데서 밥 못 먹는 거 잘 아시잖습니까?" 주모의 말을 들은 정 진사는 태연하게 대답했다. "이 친구는 노비가 아니라 내 친한 벗이고 평범한 사람이네. 그러니 여기서 밥을 먹든 말든 그건 이 친구 맘이지." 그렇게 경인을 평민으로 소개한 정 진사는 경인과 함께 자리에 앉아 식사를 할 수가 있었다. 하지만 주모의 따가운 눈초리는 계속되었고 경인은 이에 대해 상당히 불편해했다. 그러다 결국 주모가 둘에게 다시 찾아오더니 말했다. "저기 죄송한데 호패 좀 볼 수 있을까요? 만약 안 보여주시면 이 마을 수령님[3] 데려오겠습니다." 주모의 말을 들은 정 진사는 말했다. "그럼 일단 수령님 말고 이 마을에서 제일 큰 양반 댁에 있는 자제 분 데리고 오게나. 그 분 정도면 이 일을 충분히 해결 할 수 있을 거 같은데." 정 진사의 말을 들은 주모는 곧장 하던 일도 내팽겨둔 채 주막을 나와 마을에서 가장 큰 양반집으로 뛰어갔다. "아니 밥 하던 건 마저 하고 가야지! 아나 진짜. 아무래도 우리 밥은 우리가 알아서 해먹어야겠다." 둘만 남겨진 주막에 결국 정 진사는 본인이 직접 국을 그릇에 덜었고 국에 들어갈 고기를 썰기 시작했다. 보수적인 분위기와 신분이 철저히 나뉘어져 있던 당시 시대에 고기를 써는 양반 이라니. 경인은 도저히 이해가 안되어 정 진사에게 물었다. "선생님. 선생님 도대체 정체가 뭔지 여쭤봐도 될까요?" 그러자 정 진사는 웃으며 말했다. "으하하 글쎄다. 그냥 노비제도를 경멸하고 지금 조선을 이루고 있는 유교 정신에 의구심을 품은 이상한 양반 놈 이랄까? 근데 자네 국에 고기 넣어줄까? 아님 따로 줘?" 그렇게 경인은 정 진사로부터 국밥 한 그릇을 받았지만

---

[3] 고려, 조선 시대에, 각 고을을 맡아 다스리던 지방관들을 통틀어 이르는 말.

쉽사리 먹지 못했다. "뭐야 왜 안 먹어?" "제가 먹어도 될까요?" 순전히 노비의 자식으로 태어나 누군가를 위해 일만 했던 자신이 처음으로 식사 다운 식사를 받자 어떻게 해야 할지 모르는 눈치였다. "당연하지. 자네도 먹으라고 두 개 한 거잖아. 왜 국밥 별로 안 좋아해?" 정 진사의 허락이 떨어지자 경인은 조심스레 숟가락을 들더니 조심스럽게 하지만 이내 미친 듯이 먹기 시작했다. "이봐, 천천히 먹어. 그러다가 체해서 죽는 사람도 몇 봤다네. 물 줄까?"

그렇게 분위기는 다시 평화로운 식사가 이뤄지나 싶었으나 이번엔 한 남자가 허름한 차림의 다른 남자와 함께 주막으로 오더니 곧장 정 진사에게 다가가 말했다. "이보게 자네 잠깐 나랑 얘기 좀 하세나. 정 진사는 자기를 찾은 자들을 보았는데 둘 다 굉장히 낯이 익었다. 허름한 차림의 남자는 전에 거래로 경인을 넘긴 추노꾼이었고, 다른 남자는 얼굴은 기억이 나지만 정확히 누군지는 기억이 나지 않아 옆에 두었던 봇짐 속에서 그에 대한 정보를 찾아냈다. "오, 나리께서는 조행경님 아니십니까? 굉장히 유명한 분 맞으시죠?" "그래, 그 정도 알았으면 됐으니 빨리 나오기

나 하게." "예, 그러죠." 정 진사는 곧바로 그들의 요구에 순순히 응했고 경인에게 한마디를 했다. "아! 경인아!" "네?" "아- 하라고." 경인을 입을 벌렸고 정 진사는 경인의 벌려진 입에 김치를 하나 넣어줬다. 경인을 챙긴 정 진사는 지팡이를 짚은 채 조행경에게 걸어갔다. 이를 보고 있던 경인은 조금 걱정했다. '지금 어르신께서는 아무 무기가 없는데 저놈들은 둘 다 검을 차고 있고.' 하지만 바로 그때. 조행경은 정 진사를 향해 시끄럽게 떠들기 시작했다. "넌 도대체 정체가 뭔데 네 맘대로 남의 재산을 뺏고 그러나?" 그렇게 일장연설을 마친 조행경은 말이 끝나자마자 소매 속에서 무언가 꺼내려는 순간 그의 인중에 무언가 날아왔으니 바로 정 진사의 주먹이었다. 정말 뜬금없는 정 진사의 돌발행동에 경인을 포함한 모든 사람이 깜짝 놀랐고, 누구보다 놀라고 가장 어이없을 사람은 주먹을 맞은 조행경이었다. 하지만 쓰러지지는 않은 조행경이 이게 뭐 하는 짓이냐고 따지려 했으나 그러기도 전에 그의 머리로 또 무언가 날아왔는데 이번엔 정 진사의 지팡이였다 처음엔 지팡이 윗부분으로 한번, 그리고 다음으로 아랫부분으로 한번. 총 2번을 때렸다. 하지만 희한하게도 정 진사는 힘을 그닥 세게 준 것 같지는 않았다. 그 광경을 지켜보던 경인은 차라리 주먹으로 치는 게 더 나을 거 같다는 생각이 들 정도로 약하게 때렸다. 경인의 머릿속에서 펼쳐질 다음 광경은 쓰러졌다 바로 일어나서 정 진사에게 크게 욕이나 퍼부을 조행경의 모습이었다. 하지만 이게 웬걸. 기껏해야 머리랑 얼굴 인중 부분만 맞았던 조행경은 곧바로 목에 피를 뿜으며 쓰러지는 요상한 광경이 펼쳐졌다. 경인을 포함하여 현장을 지켜봤던 모든 사람들은 의아했지만 목에 피를 뿜으면서 그대로 죽게 된 조행경의 모습을 본 현장은 아수라장이 되었다. 하지만 정 진사는 아무렇지도 않게 조행경을 데려온 추노꾼에게 말했다. "자, 이제 지금 당장 이 마을 수령 불러오면 되겠구만!" 그리고는 죽은 조행경의 소지품을 뒤지기 시작하다 조행경을 데려온 추노꾼에게 물었다. "혹시 여기 내 친구 노비매매문기 가지고 있나? 내가 자네한테 준 노비들 값은 정확히 분배해서 그쪽 양반 댁 드렸지?" 조행경을 데려온 추노꾼은 곧바로 경인의 노비매매문기를 조행경의 소매 속에서 찾아주었고 경인의 노비매매문기를 받은 정 진사는 태연하게 문기를 소매 속에 넣더니 다시 자리에 앉아 식사를 다시 시작하기 시작했다. 이런 갑작스런 광경에 경인은 놀라 말했다. "어르신! 빨리 도망가야 되는 거 아닌가요?" 경인의 말을 들은 정 진사는 여유로운 말투로 말했다. "아니야. 도망은 뭘 도망가. 도망갈 거면 내가 뭐 하러 이 마을 수령님을 불러오라 했겠어?" 그리고 얼마 지나지 않아 마을의 수령이 말을 탄 채 둘에게 달려왔다. "아니, 지금 이게 무슨 짓이냐!" 살인을 저질러 놓고는 아무 반성의 기색이 없다니 이거 완전히 미친 놈이구만." 하지만 정 진사는 여유롭게 조행경에 대한 정보가 적힌 종이를 보여주며 말했다. "조행경. 다른 지방에서 살인, 부녀자 겁탈 등을 이유로 생사불문으로 수배가 되었습니다. 그리고 한양에서부터 내려온 이 수배령은 아직 유효합니다. 그럼 수령님과 거래 하나 하죠. 이 조행경이란 자의 목에 걸린 값의 절반은 수령님께서 거두시고, 나머지 절반은 저희가 가지고 조용히 여길 떠나죠. 어떻습니까?" 수령은 이 거래를 수락했고 그렇게 정 진사는 마을을 떠나기 전 조행경의 현상금으로 마을에서 달구지 하나와 말 한 마리를 사고 달구지에 봇짐을 풀고, 본인도 직접 타고, 경인은 수레를 끌 말을 직접 몰며 이들은 곧 엄청나게 시끄러워질 마을을 떠났다.

정 진사의 진가와
경인의 꿈과 성장

 그렇게 둘은 정 진사의 집으로 향했고 가는 동안 굉장히 많은 이야기를 나누었다. 계속 이동만 하지 않고 중간중간 말도 쉬어가며 잠깐 멈추게 되었을 때 가장 많은 얘기가 오갔다. "그럼 경인 자네는 지금 내 일 도와주면 그대로 자네 가고싶은 데로 떠나거나, 당장 어디로 갈지 모르겠으면 계속 나랑 같이 일해도 되고. 만약 노비에서 해방되면 뭘 제일 먼저 하고 싶나?" 그러자 경인은 자기 안사람 얘기를 했다. "내 안사람 찾아서 같이 어디 산 깊숙이 들어가서 살 거예요." "오, 자네 혼례도 치뤘었나? 그건 또 몰랐네." "아니오, 사실 혼례는 못했고 하기로 약혼은 했는데 이걸 주인댁 중 누가 들었는지 곧바로 절 다른 양반집에 팔았어요. 거기서 도망치려는 다른 노비들이랑 같이 각자의 목표를 향해서, 나는 내 안사람 될 사람 찾아서 도망 나왔는데 얼마 못 가서 추노꾼들한테 잡혀서 도로 끌려가다. 어르신을 뵌 거죠." 경인의 사연을 들은 정 진사는 한 가지를 약속하였다. "그럼 만약에 자네가 내 일 도와주고 자네 안사람 찾으러 간다면 내 기꺼이 도와줌

세." 경인은 계속해서 신세만 지는 것 같아 말했다. "정말 감사하긴 한데, 왠지 어르신께 계속 받기만 하는 거 같고 거기다 어쩌면 제가 그렇게까지 큰 도움이 안 될지도 모르는데 왜 계속 절 도와주세요?" 그러자 정 진사는 본인의 속마음을 말했다. "자네는 굉장히 내 마음에 들었거든. 지금 이 세상엔 망나니보다 더 망나니 같은 양반이 있고, 양반보다 더 양반 같은 노비가 있다 생각했는데 자네가 그 후자의 경우 중 하나야." 그렇게 둘은 계속해서 친해졌고 계속해서 정 진사의 집으로 향했다. 정 진사의 집이 있는 마을은 전에 방문했던 마을보다 더 큰 규모의 마을이었다. 집으로 가기 전 정 진사는 경인에게 먼저 갈 곳이 있다면서 호패청으로 향했다. 그곳에서 정 진사는 사노비였던 경인의 호패에 대해 얘기하며 경인의 신분을 속여줬다. "일단 이 친구는 원래 평민이었으나 어느 날 갑자기 납치당해서 이 건너 마을 풍양 조씨 양반 집에 노비로 신분이 내려갔는데, 억울함에 도망쳤다 추노꾼들에게 잡혀가 안동 김씨 집안으로 팔린 걸 내가 도로 샀네. 근데 이 친구는 방금 말했듯이 원래 맨 처음부터 노비가 아니었으니까 호패에 평민이라 표기해주게나. 정 진사의 선의의 거짓말 덕분에 노비에서 해방된 경인은 정 진사와 함께 정 진사의 집으로 이동했다. 정 진사의 집은 엄청나게 컸고, 경인은 그런 집을 보며 말했다. "여기가 진짜 어르신 혼자 사시는 집이에요?" "어…. 아니. 엄밀히 말하면 여기가 내 본가는 아니고 두 번째로 큰 집이야. 내 본가는 여기서 좀 더 가야 있거든. 그 외에 다른 지역에 집이 몇 채 있는데 그중에 하나여. 땅 많은 양반 놈이 뭘 해야 먹고 살겠나? 농사지어서 먹고 살아야지. 참고로 우리 집은 절대 노비 같은 거 안 들여. 하다못해 먹고 사는 게 문제 때문에 평민이었음에도 불구하고 자기 원래 신분을 버리고 양반집에 종으로 들어가는 사람들도 조금씩 생겨나다 못해 지금은 엄청 많네. 그럴 바엔 차라리 내가 그 사람들 생계 일부를 책임져 주는 대신 집에 문제가 생겼을 때 도와달라 하면, 바로 달려와 줄 만큼 각별한 사이가 되는 거지. 우리 집에서 내가 거둔 사람들 중 일부는 원래 처음부터 노비였던 사람들도 있는데 지금은 전부 신분을 평민으로 바꾸게 하고 일한 만큼, 정당한 값을 받고 평범한 한 사람으로 대우하고자 최대한 노력하고 있네. 자 안에 들어갈까? 집 안에 들어서자 정 진사는 봇짐을 풀고 앞으로의 할 일에 대해 상세히 얘기해 주기 시작했다. "우선은 지금 내가 잡고자 하는 놈은 자네와 처음 만났을 때 얘기했던 살인자 형제인데 자네가 맨 처음 있었던 양반집에 있어. 내가 처음 자네를 봤을 때 물어본 이유가 바로 그놈들 잡기 위함이었네. 잘하면 거기서 자네 안사람 될 사람도 만날 수 있을 거야. 그럼 우리가 그녀를 사려는 사람들로, 즉 나는 노비 매매하는 양반으로 역할을 정하고 자네는 내가 고용한 개인 호위무사로 위장하고 그 집에 들어서고자 하는데 어때? 괜찮아?" 경인은 고개를 끄덕였고 정 진사는 경인의 외형에도 변화를 줘야 한다며 집의 다른 장소로 자리를 옮겼다.

처음으론 옷. 거의 거적때기나 다름없는 천 쪼가리 몇 장 걸치고 있던 경인에게 정 진사는 경인이 좋은 옷을 입게 하기 위해 먼저 경인을 손수 깨끗이 씻기는데 큰 대야에 들어간 경인을 직접 씻기는 동안 정 진사의 한탄이 새어 나왔다. "어휴…이게 제자를 키우는겨? 자식을 키우는겨? 내 증말 진짜!" 깨끗하게 경인을 씻긴 뒤 정 진사는 둘이 처음으로 같이 식사했을 때 했던 것과 같은 요청을 했다. "아- 해 봐." "아…" 경인의 입 안을 유심히 보던 정 진사는 말했다. "오, 아가리 상태는 내가 더 나쁜 거 같은데, 어째 관리를 잘 했다냐?" "그냥 시냇물로 입안 헹구고 나뭇가지로 사이사이 긁어냈어요." "야~ 네가 나보다 낫다. 좋아, 좀 더 좋은 방법을 알려줄게. 검지손가락." 검지손가락을 내민 경인에게 정 진사는 굵은 소금으로 양치하는 법까지 알려준 뒤 호위무사다운 옷이 필요하다며 검게 물들인 한복과 삿갓, 비단신을 신겼다.

두 번째론 무기. 명색이 호위무사인데 무기가 없으면 안 된다는 정 진사의 말에 따라 무기고로 보이는 장소로 들어간 경인은 본인이 잘 다룰 수 있을 것 같은 무기 몇 점을 고르게 했다. 바로 이곳에서 지난번 희한하게 죽었던 조행경의 사인과 정 진사의 진가가 확실히 밝혀지는 순간이었다. 그 정 진사의 진가는 무엇일까? 진가가 밝혀지기에 앞서 무기고에 있던 단검 한 자루를 들고는 그대로 경인에게 던져 손에 쥐여주고는 말했다. "내가 신기한 거 보여주지. 지난번에 내가 잡았었던 양반 한 놈 기억하지 조행경이었나? 은행경이었나? 암튼 그때 걔가 어떻게 죽었었는지 기억나나?" "목에 피를 뿜으면서 죽었죠? 뭘 어떻게 하신 거에요?" "간단해. 내가 방금 준 검 있지? 그걸로 날 찔러 봐." 생뚱맞은 명령에 경인은 당황한 채 말했다. "예? 어르신을 찌르라구요?" "그래 칼집에서 칼 꺼내는 거 잊지 말고." "근데 전 한 번도 칼 잡아본 적이 없어요. 그리고 설령 제가 칼을 잘 써도 어르신을 제가 어떻게 쳐요." 쩔쩔매는 경인에게 정 진사는 피식 웃으며 말했다. "아~ 그냥 한번 해봐. 그럼 내가 신기한 거 보여줄게." 정 진사는 장난

스러운 말투로 말했지만 분위기는 경인이 정 진사를 치지 않으면 끝까지 치라고 할 분위기였고, 결국 경인은 칼집에서 검을 꺼내 굉장히 어색하게 정 진사를 향해 휘둘렀다. 하지만 경인은 순간 느꼈다. 자신의 목 쪽에 서슬 퍼런 무언가가 닿았다는 것을 직감적으로 깨달은 채 정 진사를 쳐다보았는데, 정 진사는 경인의 목 쪽에 언제 들고 있었는지 모를 칼을 대고 있었는데 그 칼은 평범한 칼이 아닌 경인과 처음 만났을 때부터 정 진사가 주구장창 짚고 다녔던 지팡이였다. 그렇다 정 진사의 지팡이는 지팡이의 역할도 하지만 사실 안에 검이 숨겨져 있는 암기인 창포검이었다. 조행경이 죽었을 때도 정말 짧은 순간에 정 진사가 지팡이 속 검을 살짝 뽑아 목을 그어 죽였던 것이었고, 너무 빨리 지나간 상황에 경인을 포함한 사람들은 그냥 지팡이로 맞았다고 착각할 정도로 빨랐다. 그렇게 정 진사의 진가를 알아낸 경인은 식은땀을 흘리며 말을 더듬기 시작했다. "ㅈ… 전 그냥 어르신이 하라 하셔서 한 거잖아요? 그쵸?" 당황한 경인을 보며 정 진사는 살짝 웃으며 검을 지팡이에 넣은 뒤 말했다. "자네는 어디까지나 나랑 호위무사 역할극이나 하는 수준이지? 굳이 자네 없어도 나는 나 하나는 지킬 수 있거든. 헌데 자네는? 칼도 한번 안 잡아봤다며. 최소한 나는 아니더라도 자기 자신은 자네가 직접 지킬 수 있어야지. 안 그래? 일단 우리한테 시간이 많이 주어지진 않았지만 자네에게는 짧게라도 훈련이 필요해. 난 껍데기만 번지르르한 놈들이 제일 싫어. 자신의 진가를 보여 준 정 진사는 곧장 경인에게 어울리고 잘 쓸 만한 무기를 고르기 시작했다. 월도에 왜검에, 왜구들의 오오타치를 모방한 거대 검 쌍수도까지 별의별 검이 다 나왔지만 결국 정 진사가 고른 경인의 검으로는 근접에서 옥색 빛을 띤 칼집의 환도 한 자루와 중장거리에서 싸우기 위한 무기인 국궁 하나를 집었다.

세 번째론 훈련. 정 진사가 앞서 말했듯이, 아무리 역할이라 한들 호위무사는 자신이 지키고자 하는 사람을 못 지킨다 한들 최소한 자기 자신은 지켜야 하는 법! 그렇게 경인은 집 뒤에 추수가 다 끝나 텅 빈 넓은 밭에서 낮밤 가리지 않고 정 진사의 도움을 받아 계속해서 궁술과 검술 훈련에 매진하여, 단시간에 어느 정도는 손에 익어 꽤나 괜찮은 실력을 가지게 되었다.

그리고 마지막으로는 꽤나 고통스러운 일이었는데 바로 경인의 몸에 찍혀있는 노비 낙인을 지우는 것. 인두로 새겨넣은 낙인이라 지우는 방법도 똑같이 인두로 낙인이 찍힌 부분을 지지는 것

외에는 방법이 없었다. 정 진사는 정말로 미안한 마음으로 인두를 낙인이 찍혀있는 경인의 가슴팍을 지지기 시작했지만. 경인은 오히려 드디어 해방되었다는 마음에 육체는 아프지만 속은 후련한 것 같았다. 하지만 정 진사는 경인의 낙인을 지운 뒤 곧바로 인두를 달구던 곳에 경인의 노비매매문기를 넣어 태우면서 말했다. "자 이제 자네는 진짜 자유야. 자네 안사람 될 사람도 만나서 자유롭게 해 줘야지?"

악인 사냥꾼 둘

시간이 얼마나 흘렀을까. 둘은 그야말로 환상의 궁합을 자랑하는 악인 사냥꾼들이 되어있었다. 모든 만반의 준비는 전부 끝난 상황. 둘은 드디어 작전을 실행에 옮겼다. 노비 매매를 원하는 양반과 그의 호위무사로 역할을 정한 채, 건넛마을 풍양 조씨 양반 집으로 향했다. 집안으로 들어서고 정자관을 쓰고 있는 가장 큰 어르신을 만난 정 진사는 정중히 말했다. "갑자기 찾아와서 죄송합니다만 전 전문 노비매매상. 정 진사로 알고 계시면 될 것 같고요, 옆에 이 친구는 제가 고용한 호위무사입니다. 어르신 댁에 있는 노비 하나를 사려고, 또 제가 개인적으로 찾고자 하는 사람이 있어 이렇게 찾아왔는데 저희 부탁에 응해주시겠습니까?" 풍양 조씨 양반집 대감은 흔쾌히 수락하셨고, 정 진사는 다른 양반들과 다과를 먹으러 들어가고 경인은 정 진사가 말한 목표와 자신의 안사람이 되었어야할 사람을 찾아 돌아다니기 시작했고, 만약 누군가 자신을 알아보면 안 됐기에 검은 천으로 얼굴을 가린 채 양반집을 이리저리 돌아다니기 시작했다. 하지만 자기 애인의 모습은 보이지 않았고. 다른 노비들에게 자기 약혼녀와 정 진사의 목표에 대해 묻기 시작했다. "혹시 이 집에서 글을 읽을 줄 아는 여노비 본 적 있나? 이 집 노비로 알고 있는데." "혹시 제 생각이 나으리랑 같으면 걔 얼마 전에 다른 양반집으로 팔려 갔어요. 어디로 갔는지는 저도 잘 몰라요." 경인은 다음으로 정 진사의 목표에 대해 묻기 위해 초상화를 보여주며 묻기 시작했다. "하아… 그럼 여기 이 형제도 여기서 일하고 있지 않나?" "아 맞아요. 형 되는 사람은 저기 논에서 일하는 노비들 관리하고 있고, 동생놈은 다른 노비 벌주고 있어요. 실수로 고개 안 숙이고 다녔다가 자기랑 눈이 마주쳤다네요." 곧장 농장 쪽으로 이동한 경인은 곧장 그의 정체를 알아냈다. 거리가 꽤 있었지만 그는 바로 알 수 있었다. 저 농장에서 노비들의 중노동 정도를 감시하는 놈이 예전에 자기 또한 도망치는 걸 감시하고 뭔가 잘못하면 자신뿐만 아니라 약혼녀마저 무참히 몽둥이질을 해대던 놈들이란 걸. 경인은 곧바로 노비를 벌하고 있다는 동생 놈을 찾아 달려갔다. 경인이 다다른 곳에는 아니나 다를까. 노비 감시대 형제 중 동생이 노비 하나를 멍석에 말아 몽둥이로 두들겨 패고 있었다. 경인이 곧장 멈추라고 소리치자 동생은 바로 멈추었고 경인을 쳐다봤다. 쳐다봄과 동시에 그 짧은 순간 경인은 활을 겨눠 그의 다리를 맞췄고 화살을 맞은 그는 바로 쓰러졌다. 그런 다음 경인은 곧바로 그가 휘두르던 나무 몽둥이를 집어 자기가 당했던 만큼 무참히 두들겨 패기 시작했다. 몽둥이질은 멈출 기미가 안 보였고 결국 노비 감시대의 동생 놈은 머릿골이 깨진 채 죽었다. 이 광경을 본 이 집 노비가 곧장 정 진사에게 달려가 자기 호위무사가 한 일에 대해 조용히 말해주었고 정 진사는 곧장 경인이 있는 곳으로 달려갔다. 정 진사가 도착했을 때 이미 상황은 끝나 있었다. "이봐, 지금 이게 뭔 상황인가?" "전 지금 목표물을 제거한 겁니다." "이 자가 우리가 찾던 범인이 맞아? 그럼 나머지 하나는 어디 있는데?" "저기 논 쪽에 노비들 감시 중이잖습니까." "그럼 빨리 나머지 한 놈도 잡아야겠구만." 정 진사는 말을 끝냄과 동시에 경인에게 달려올 때 들고 온, 총처럼 발사하는 형식의 쇠뇌인 궐장노에 화살을 끼워 시위를 당긴 뒤 논에서 이 광경을 보고는 도망치고 있는 노비 감시대 형제 중 형을 향해 곧장 발사했고 발사된 화살은 정확히 그의 목을 꿰뚫었다. 이 소리를 들은 양반들은 놀라 달려오며 소리쳤다. "아니, 자네들 미쳤나? 이게 지금 뭐 하는 짓인가?" 하지만 정 진사는 침착하고 여유로운 말투로 말했다. "진정하시고 저희 얘기 좀 들어주십시오. 우선 저는 현상수배 된 악질 범죄자 놈들을 잡는 걸 업으로 삼고 있고 우리는 한 살인범 형제를 찾고 있었는데 이 집에서 일하고 있었다 들었습니다. 지금 내 호위무사가 그것들을 찾아서 제거했고 둘은 나라에서 죽여서라도 잡아오라는 악질들입니다. 한양에서 직접 수배령이 내려졌고 수배지도 제가 하나 가지고 있습니다. 근데 생사불문이긴 해도 어쩔 수 없이 바로 이 집에서 죽이면서 소란 피웠으니 노비 매매하기로 한 건 없던 일로 하고 곧장 시체들 가지고 이 집에서 나가겠습니다. 경인아, 자! 얼른 시체 달구지에 실은 다음 후딱 여길 떠나자." 그렇게 그 둘은 거의 쫓겨나다시피 황급히 집을 나왔다.

 마을에서 가장 가까운 관찰사로 향하며 다시 애기를 나눴다. "그… 미안하네. 자네 안사람은 못 찾고 그냥 나왔잖아." "아니요 괜찮습니다. 어차피 그 집에서 다른 양반집으로 팔려 나갔다 들었어요. 목표는 잡는 데 성공했지만 제멋대로 막 행동한 제가 더 죄송하죠." "그럼 이제 자네 안사람은 어떻게 찾나? 뭐 좋은 수 없어?" "당장에 뾰족한 수는 없지만 이 집에 있던 다른 노비들한테 물어봤는데 가까운 다른 양반집으로 팔려 갔다 하네요. 근처 마을을 다 뒤지는 수밖에 없어요. 근데 안사람은 아니에요. 혼례를 못 했다니까 그러네." "어차피 만나면 혼례 올릴 거 아녀? 그냥 미리 그렇게 부르는 거지." 한참 애기가 오가던 중 경인은 정 진사에 대한 궁금한 점을 물었다. "근데 스승님은 상투 트신 거 보니까 혼인하신 거 같은데 안방마님께서는 어디 계세요?" 경인의 질문을 받은 정 진사는 급 우울해진 채 말했다. "죽었어." 순간 아차 싶은 경인은 급히 사과했다. "죄… 죄송합니다. 괜히 쓸데없는 걸 물어봐서." 그러자 갑자기 정 진사 표정이 다시 풀리기 시작하더니 말했다. "속았지? 용석아! 안 죽었어. 근데 집에 자기 집 부모한테 되게 미움받다 집에서 쫓겨났어. 지금은 내가 우리 집으로 들였고, 그 애 부모님이 봤을 땐 임자가 나랑 추구하는 신념이 비슷해서 나처럼 노비들한테도 살갑게 대하고, 백정들한테도 살갑게 대하고 하는 모습이 되게 마음에 안 드셨나 봐. 근데 쫓겨난 뒤론 내가 다시 집으로 들이기 전부터 자기 부모한테 자긴 잘못한 거 하나도 없다고 당당하게 말하면서 거의 매일 싸웠어. 근데 그 모습이 엄청 멋있었던 거 있지? 자기가 봤을 때 잘못됐다고 생각되는 것에 대해서 진심으로 화낼 줄 아는 멋진 모습. 또 다르게 보면 엄청 무서운 사람이야. 행여나 우리 임자 만나면 내가 이 얘기 해줬다는 말 절대 하지 마. 날 죽일지도 몰라. 아무튼 자네 안사람 찾을 때까지 자네는 이 일을 계속해야 할지도 모르는데 괜찮아?" "괜찮습니다. 전 그냥 스승님께 모든 게 다 감사할 따름이죠." 그렇게 둘은 경인의 약혼녀를 찾기 위해 그 근처 양반집이란 양반집은 다 방문하여 가능한 모든 노비들을 뒤져 그녀를 찾고자 하였고 그러는 동안 현상수배범 잡는 일도 틈틈이 해냈다.

 그들의 범죄자 사냥 일 중 가장 큰 수익을 얻은 건 범죄자 한둘이 아닌 아예 한 단체를 소탕한 일이었다. 바로 악명 높은 산적 단체를 잡는 것. 하지만 말 그대로 산적. 산에서 돌아다니는 놈들이다 보니. 나라 입장에서는 잡기 상당히 어렵기 때문에 산적 단체에 수배를 내렸다. 한 명만 데려와도 100냥을 줄 정도로 그들이 저지른 짓은 상당히 많은 것으로 추측되었다. 이들을 소탕하기 위해 둘이 짠 작전은 바로 한 유인 작전이었다.

작전이 실행될 때 현장에 바로 보였던 것은 눈에 천을 감은 채 지팡이를 짚으며 길을 나서는 한 맹인이었다. 부기는 전혀 보이지 않고 얼마나 많은 돈이나 귀중품이 담겨있을지 모르는 달구지를 끌고 있는 한 맹인. 산적 떼들에겐 이보다 더 좋은 사냥감이 없었다. 곧장 맹인을 발견한 산적 떼는 갑자기 기습할 필요도 없이 조용히 맹인에게 다가 간 뒤 말했다. "이보게, 여긴 우리 구역인데, 맹인 주제에 무슨 배짱으로 이런 산을 막 돌아다니나?" 그러자 맹인은 말했다. "하하… 난 그저 악인들을 사냥하는 사냥꾼이라네. 그리고 자네들 눈에 나는 그저 앞이 안 보이는 주제에 내뱉는 말은 번지르르한 하찮은 놈으로 보이겠으나, 난 자네들이 앞으로 어떤 운명을 맞이할지 미리 다 볼 수 있다네." 맹인의 말을 들은 산적 떼는 미친 듯이 웃어댔고 한 산적은 용감하게도 맹인의 눈에 감긴 천을 벗기기까지 했다. "아니 맹인 주제에 할 수 있는 게 뭐가 있다고 그렇게 함부로 입을 막 놀리나? 어?" 하지만 달구지에 실린 짐들은 앞이 보이지 않는 맹인과는 거리가 먼 모두 살벌한 무기들이었고, 천 속 맹인의 눈은 마치 산적 떼를 잡아먹을 듯이 부릅뜨고 있었다. 산적들은 그제서야 이상함을 눈치챘다. 그가 맹인이 아니라는 것을. "두목님 돈은 없고 무기들밖에 안 보이는뎁쇼." "뭐야 이 새끼 눈이 왜 떠져 있어? 설마 맹인이 아니ㄴ…" 그때 어디선가 날아 온 화살이 말하던 산적 두목의 목을 꿰뚫고 맹인은 곧장 지팡이 속 검을 꺼내 싸웠다. 맹인의 정체는 정말 놀랍게도 정 진사였고 산적들을 유인하기 위해 맹인으로 위장한 것이었다. 곧장 산적과의 싸움이 시작되었고, 멀리서 화살로 기선을 제압한 경인 또한 재빨리 뛰어와 백병전에 합류했고, 뛰어난 실력의 정 진사와 그로부터 검술을 배운 경인의 활약에 산적 떼들은 하나둘씩 쓰러져갔고 드디어 마지막 한 명만이 남았다. 하지만 정 진사는 마지막 남은 산적을 죽이지 않고 창포 검의 칼집으로 명치를 쳐 기절시켰다. "아니, 왜 안 죽이십니까? 이놈들 다 순 악질인데." "내가 무슨 이놈이 불쌍해서 살려준 줄 아나? 일단 이놈 다시 일어나기 전에 시체들 달구지에 싣자." 그리고 잠시 뒤 기절한 산적이 일어났을 때 그의 손은 달구지에 묶여 꼼짝할 수 없었고, 눈앞에는 정 진사와 경인이 있었다. 그리고 정 진사는 나지막이 한 마디 던졌다. "끌어." 영문 모를 산적은 이게 뭐 하는 짓이냐며 노발대발했지만 정 진사는 가소롭다는 듯이 말했다. "자, 거기 자네 뒤에 시체들 보이지? 자네도 저놈들이랑 같이 땅에 예쁘게 묻혀서 작물들 퇴비가 되고 싶지 않으면 내 말 잘 듣게나. 이제 자네가 선택할 수 있는 건 없네. 그래도 사형까지는 아닐 테니 지금 자네 묶은 달구지 끌고 따라오고 순순히 우리 말에 따르면 나머지는 나라에서 판단할 걸세." 그렇게 유일하게 살아남은 산적 단원은 자신이 속해있던 산적 단원들의 시체와 정 진사의 봇짐이 실린 달구지를 끌고 가까운 관아로 향했고. 정 진사의 도움으로 사형을 면하게 되었다.

 작전이 대성공하고 둘은 아무것도 없었던 경인이 혼자서 자립할 수 있을 정도의 돈이 모였다. 하지만 그들의 목표는 돈뿐만이 아니었으니. 바로 경인의 약혼녀를 찾는 것이었으나 이건 악인들 잡는 것보다도 힘들었다. 그녀가 이름이라도 있었으면 찾는데 좀 더 수월했을지 모르나 노비라 확실한 이름이 없었기에 찾는데 상당히 난항을 겪었다. 경인의 그녀에 대한 몇 가지 정보로는 그녀가 글을 읽을 줄 안다는 것과 오른쪽 팔뚝 부분에 노비 낙인이 있다는 점. 이 정도의 정보만 가지고 그녀가 있을 팔려 갔을 법한 양반집을 샅샅이 뒤진 결과. 드디어 그녀가 있을 것 같은 곳을 찾아내는 데 성공했다.

정 진사의 신념

경인의 약혼녀를 찾아 이 산 저 산 오르다 준비한 식량이 다 떨어지는 바람에 산에 사는 토끼 하나를 잡은 뒤 평평한 곳을 찾아 그곳에서 짐을 풀고 인광노[4]와 부싯돌로 모닥불을 붙인 뒤 잡은 토끼를 구우면서 경인은 정 진사에게 그 전부터 꼭 물어보고 싶었던 걸 물었다. "저기 스승님. 전부터 꼭 여쭙고 싶었던 게 있었는데 스승님께서는 어쩌다 그런 마음을 갖게 되신 거예요? 신분과 상관없이 두루두루 잘 어울리시고 짐승 취급 당하는 노비들을 돕기로 했는지요." 경인의 질문에 정 진사는 천천히 대답하기 시작했다. "음… 그게 궁금하셨구만. 그래 사실 우리 집도 처음에는 노비들을 대하는 게 다른 양반들이랑 별 다를 바 없었

---

4) '조선 시대의 점화 기구

어. 그러다 우리 할아버지 때부터 점점 변화가 찾아왔다 하더군. 할아버지께서 어렸을 때 한참 뛰놀던 나이 때 말이야. 그때 뭣 모르고 뛰어다니면서 여기저기 사고도 자주 치다가 실수로 우물에 빠져서 그대로 죽을 뻔했는데 그 당시 우리 집 노비 중 한 명이 주저 없이 우물로 뛰어들어서 어린 할아버지를 구해냈어. 근데 할아버지를 구한 그 노비한테 돌아오는 건 칭찬이 아니었어. "그 더러운 몸으로 우물로 들어가면 어쩌자는 거냐! 이 집에 우물을 너 혼자만 쓰는 줄 알아! 에라이, 이런 재수 없는 놈." 오히려 차별과 멸시만 돌아왔어. 그래도 그때 어린 할아버지는 떠올린 거야 '왜 노비는 사람을 구해줬는데도 어른들한테 욕을 먹지? 어른들이 완전 나쁜 사람들이네. 나는 절대 어른 되면 저러지 말아야지.' 그리고 어린 할아버지의 다짐은 성인이 되어서도 노인이 되어서도 돌아가실 때까지도 잊지 않으셨어. 자기가 집안에서 일어나는 일들의 대부분에 관여할 정도로 중요한 자리에 올랐을 때도 할아버지께서는 어렸을 때의 다짐을 잊지 않았어. 비록 노비들을 사오기는 했지만 사들인 이후 곧장 노비였던 사람들의 신분을 바꿔주었지. 자신들을 위해 일한다면 그에 맞는 대가를 지불하셨고, 글을 가르치셨고, 그들을 짐승이 아닌 자신들과 똑같은 사람으로 보셨다는 거지. 그리고 그런 할아버지의 정신은 그 분의 아들. 그니까 우리 아버지께, 그리고 손자인 나한테도 전해졌어. 그래서 나도 많은 노비들이 자유를 찾았으면 좋겠다는 생각은 자연스럽게 갖게 되었고 이를 계속 실행에 옮기려 하고 있어 그러면서 자네도 만나게 된 거고." 정 진사의 신념을 들은 경인은 잠시 생각에 잠긴 듯했다. 어떤 생각을 하고 있었을까? 정 진사의 신념을 이어가고 싶다는 생각? 아님 모닥불에 꽂아 놓은 토끼 고기가 언제 다 익을까 기다리는 걸까? 그 뒤로도 계속 이동한 둘은 마침내 경인의 약혼녀가 있는 곳에 도착했다.

경인의 그녀를 찾아

 장소는 크게 다르지 않았지만 양반댁에 첫발을 들이고 정 진사가 본 광경은 꽤 충격적이었다. 도대체 무슨 이유로 벌을 받는지는 모르겠지만 줄에 거꾸로 매달린 채 매질을 당하고 있는 노비와 정말 작은 나무토막 하나를 아슬아슬하게 밟은 채 목을 매달고 있는 노비도 있었고, 뭘 잘못 맞은 건지 입에 거품을 물고 쓰러진 노비를 끌어안고 최대한 소리 나지 않게 울고 있는 여노비도 있었다. 받은 충격을 조금 안정시킨 뒤 전과 같은 방법으로 신분을 위장한 채 그녀에 대해 물은 정 진사였다. 하지만 결과는 전과 달랐다. 바로 글을 읽을 줄 아는 여노비가 그 집에 있었다는 것. 하지만 섣부른 판단은 일을 그르친다 생각한 정 진사는 자기가 찾는 사람과 맞는지 확인이 필요하다며 그 여노비를 사랑방으로 보내달라 하였다. 그렇게 사랑방으로 자리를 옮긴 둘은 호위무사인 경인은 만약 그녀가 맞을 시 이성을 유지하고 모르는 사람인 척 하기는 힘들 거라는 정 진사의 판단에 일단은 밖에서 삿갓과 검은 천으로 얼굴을 가리고 서 있으라 말했고 만약 그녀가 맞으면 바로 부르겠다 말했다. 그렇게 정 진사가 얘기한 여노비가 사랑방에 들어왔다. "그쪽이 노비 중에서 유일하게 글을 읽을 줄 안다고 들었는데 이 말이 사실인가?" "네 나리. 헌데 그건 무슨 이유로 물어보십니까?" "아 다름이 아니라 시켜 볼 게 있어서 말이야. 자네가 글을 읽을 줄 안다 하니 내가 쓴 시조가 있는데 한번 읽고 드는 생각 좀 말해주게나." 말을 끝낸 정 진사는 소매 속 종이를 꺼내며 말했다. "참 선왕 중 한 분이셨던 세종께서는 참으로 대단한 임금이셨지. 내 생각엔 이 세상에 존재하는 모든 소리는 다 그분께서 만드신 글로 다 표현할 수 있다 생각하네. 자 여기 있네." 사실 정 진사가 쓴 건 시조가 아닌 일종의 편지였고 내용은 다음과 같았다.

'사실 말로 하면 진짜 우리 정체가 들통날 수도 있어서 말이야. 우리가 찾고 있는 사람이 맞나 해서 확인하는 걸세. 자네 옛날에 약혼하기로 했던 사람이 다른 양반집으로 팔려갔다 했는데 풍양 조씨 양반집으로 갔었거든. 만약 자네 오른쪽 팔뚝 부분에 낙인이 찍혀 있으면 그 사람이 맞다는데. 그건 보여주면 되고. 만약 약혼자 보면 절대 놀라거나 큰소리 내면 안 돼, 알았지?'

정 진사의 글을 본 여노비는 바로 자기 오른쪽 팔뚝에 찍혀있는 노비 낙인을 보여줬다. 정 진사는 경인이 찾는 그녀가 맞는 거 같아 바로 밖에 있는 경인을 불렀다. 그리고 사랑방 문이 열렸고 경인은 얼굴을 가리던 삿갓을 위로 올리며 그녀가 맞는지를 확인하고는 말했다. "오랜만이야. 새침데기." 경인을 본 새침데기는 곧바로 실신하며 쓰러졌다. "아무래도 자네가 찾던 안사람 확실한 거 같네. 이제 이 친구 사고 바로 여기 뜨면 되겠구먼." 그렇게 곧바로 노비 신분인 경인의 약혼녀를 사기 위해 그 집안 사람들에게 얘기했지만 다른 양반들은 그들을 쉽게 보내주지 않았고 저녁 식사에 정 진사를 거의 강제로 참여시켰다. 사랑방 때처럼 경인은 밖에서 기다리고 있었으나 안 상황은 몰래 확인할 수 있었다. 그러다 결국 경인이 있던 바깥에서 기어코 사고가 터지고 말았다.

한 마당쇠가 삿갓으로 얼굴을 가리고 있던 경인을 알아본 것이다. "자네는 굉장히 낯이 익은 거 같은데." 그러고는 옷을 살짝 벗기더니 오른쪽 가슴팍에 있는 상처를 확인하곤 자신의 예상을 거의 확신했다. "이봐, 낙인 지우면 내가 모를 줄 알았나? 흉터는 계속 남잖아." 하지만 경인 또한 쉽게 당황하지 않았다. "조심하는 게 좋아. 그리고 이제 난 노비가 아니고 자유인이야. 설령 노비라 한들 이 집 노비는 아니니까 내 몸에 함부로 손대지 마." 말을 끝냄과 동시에 허리춤에 차고 있던 환도에 손을 대려던 찰나. 경인을 당황케 하는 상황이 벌어졌다. 경인을 알아본 마당쇠는 다른 노비를 시켜 경인의 약혼녀 목에 칼을 댄 채 그녀를 인질로 잡고 있었다. 경인은 이도저도 못 하는 상황에 처한 것이다. 마음 같아선 당장 환도를 꺼내 모두 죽여버리고 싶었겠지만. 자신이 사랑하는 사람이 인질로 잡혔으니 어떤 행동도 할 수 없이 그들의 장단에 맞춰야 했다. "알았어, 뭘 원하는데?" 마당쇠는 조용히 말했다. "넌 다시 이 집으로 와야지. 네 충년이랑 같이 나갈 거라 생각했으면 그 생각은 얼른 접어 둬. 절대 그럴 일 없으니까." 말이 끝나자 곧바로 누군가 경인의 뒷머리를 후려쳐 기절시킨 뒤 몸을 줄로 포박한 뒤 똑같이 포박한 약혼녀와 함께 정 진사가 타고 온 달구지에 실은 뒤 이 집 대감의 손자. 즉 그들의 도련님댁으로 보내고자 했다.

정말 조용히 일어난 일이었기에 집 안에 있던 정 진사는 바깥 상황을 알아차리지 못했다. 하지만 이 집 하인이 조용히 집 안으로 들어와 어르신을 따로 조용히 부른 뒤 최대한 소리가 새어 나가지 않게 작게 얘기했다. "대감마님 큰일입니다. 저 정 진사라는 사람 호위무사가 예전에 저희 집에 있다 도망친 충놈입니다. 아마도 그때 눈 맞았던 충년이랑 같이 나가려고 하는 거 같은데 어쩔까요?" "알았네, 나가보게나." 하인을 내보낸 뒤 대감은 정 진사에게 사려는 노비에 대해 묻기 시작했다. "그래서 자네가 사고 싶은 노비는 어떤 것인가?" "아 네 제가 좀 전에 사랑방에서 같이 글을 읽었던 여노비가 하나 있잖습니까? 그 노비를 사고자 합니다." 그러자 대감은 단호하게 말했다. "근데 그 애는 굉장히 귀한 애야. 노비 주제에 생긴 것도 참하고 곱고 똑똑하기까지 하지. 그런 애를 팔기에는 너무 아까운데, 그래도 원한다면 꽤 비싼 값에 사야 할 거야. 정 진사는 침착하게 대응했다 "네 그럼요 값은 파는 사람이 정하는 거 아닙니까? 원하시는 값을 말해주시면 제가 지금 당장 치를 수 있는 만큼 치루 도록 하겠습니다." 정 진사의 말을 들은 대감은 일부로 정 진사가 거절할 것 같은 터무니없는 값을 요구했다. "지금 자네가 갖고 있는 돈의 전부를 주면 내 생각해 보리다." 대감은 터무니없는 값에 당연히 정 진사가 거절할 거라 생각했지만 정 진사는 승낙했다. "네, 그러죠. 여기 이게 제가 가진 돈의 전부입니다." 그러고는 곧바로 봇짐 중에서 엽전이 잔뜩 담긴 상자를 줬는데 가히 일반 상인들 평균 연봉이나 다름없는 값이었다. 이미 뱉어낸 말을 주워 담을 수도 없던 대감은 거래를 성사하고 차를 한잔하면서 노비매매문기를 새로 작성하기 시작했다. 이 양반댁에 들어왔을 때 본 노비들의 모습이 계속 마음에 걸리던 정 진사는 집 이곳저곳을 둘러보다 불현듯 책들이 잔뜩 꽂혀있는 방을 발견하고는 그곳으로 들어갔다. 그런 정 진사의 모습을 본 하인은 놀라며 말했다. "진사님 거긴 대감님만 쓰시는 서고입니다. 맘대로 들어가시면 안 돼요." 하지만 대감은 괜찮다며 허락했고 서재의 꽂힌 책들을 쭉 둘러보던 정 진사는 책장 옆 측우기 모형을 보더니 말했다 "대감님께서는 장영실 선생님을 굉장히 좋아하시나 봅니다. 그분이 만든 발명품 모형이 집에 다 있으니 말입니다. 근데 제가 이 집에 들어왔을 때 본 광경들이 좀 충격적이었어요. 노비들이 뭘 잘못 했는지는 모르겠지만 너무 잔인하게 벌을 받더군요. 누구는 거꾸로 매달려 매질 당하고 누구는 목이 줄에 매달려서 죽을 뻔하고 어떤 누구는 어디를 잘못 맞은 건지 입에 거품을 다 물고 있던데. 만약 이 모습을 장영실 선생님께서 보시면 어떤 생각을 가지실지 궁금하네요." 정 진사의 말을 들은 대감은 웃으며 말했다. "뭐 그리 잘못된 행동이라고 생각하지는 않으실 거 같은데. 당시 왕이신 세종대왕께 발탁되어 일할 정도면 얼마나 좋은 가문 출신이었겠어? 대감의 말을 들은 정 진사는 진지하게 말했다. "아니오, 아마 엄청나게 치를 떨며 분노하지 않으셨을까 합니다." 정 진사의 말을 들은 대감은 순간 은근히 자기 자존심을 긁는 정 진사가 짜증스러웠지만 애써 열 받은 걸 감추면서 일부러 여유롭다는 말투로 말했다. "그래? 되게 마음이 여린 양반 대감이셨나 보구만." 그러자 정 진사는 비웃듯이 말했다. "죄송하지만 장영실 선생님은 노비 출신이셨습니다. 제가 알고 있는 조선의 가장 위대한 성군인 세종께서는 인재를 뽑는데 능력을 주로 보셨지, 대감님처럼 신분을 최우선으로 보지 않으셨거든요." 그렇게 제대로 망신을 준 정 진사는 대감이 새로 수정한 노비매매문기를 들고는 작별 인사를 하며 떠나고자 했다. "오늘 얘기 굉장히 즐거웠고, 또 뵙고 싶다고 해야겠지만 제가 거짓말을 못 하는 성격이라 그냥 이렇게 말하죠. 안녕히 계십시오. 전제 호위무사랑 노비매매문기 새로 작성한 친구랑 같이 떠나겠습니다. 하지만 경인과 그의 약혼녀는 이미 사라져 있었고. 이를 알게 된 정 진사는 조금 당황하며 물었다. "경인이랑 그 애 어디로 갔습니까?" 대감은 승기를 잡은 듯이 말했다. "음… 그 놈 이름을 경인이라 지었나 보구만. 근데 그놈은 원래 나랑 굉장히 친한 다른 양반집에 있던 노비였어. 근데 그 집 양반 허락도 없이 도망간 노비를 자네 맘대로 데리고 가나?" 기세등등해진 대감을 본 정 진사는 지팡이에 들어있는 창포검을 꺼내 대감을 위협하며 말했는데 거기서 정 진사의 속마음이 보였다. "잘 들으십시오. 만약 내 새끼 몸에 칼 한번 대는 순간 전 다시 여기로 돌아올 겁니다. 그리고 그때 제가 살인자가 되든 말든 이 집을 붉은 수수밭으로 만들어 버릴 겁니다. 대감 목숨도 보장 못합니다. 붉은 수수밭은 지금 당장도 될 수 있겠네요. 마지막으로 묻겠습니다. 경인이 어디로 보냈습니까?" 순간 정 진사의 눈에서 보이는 강력한 살기에 생명의 위협을 느낀 대감은 경인이 실려가고 있는 집으로 가는 길을 말해주었고 정 진사는 곧장 짐을 챙겨 미친 듯이 달리기 시작했다. 하지만 노비들을 자유롭게 만들고자 하는 정 진사가 정말 마음에 안 들었던 대감은. 그들을 방해하고자 자 정 진사가 곧장 산길로 떠나는 정 진사 뒤로 병력을 붙여 그들을 전부 죽이라 명령했다.

유교는 좋은 것인가?

이렇게 정 진사가 공격당한 경인을 찾아 달리기 시작할 즈음 경인은 달구지에 약혼녀와 함께 실려 꼼짝도 못 한 채 다른 양반집으로 가서 다시 혹독했던 때로 돌아갈 위기에 처했다. 무기가 함께 달구지에 실리기는 했지만 양손이 뒤로 묶여 있었고 양다리까지 묶였기에 어떻게 할 도리가 되지 못했다. 그때 달구지를 끌던 말이 갑자기 멈췄다. 말을 끌던 사람은 빨리 움직이라며 말고삐를 흔들었지만 말은 움직이지 않았다. 그때 어디선가 화살 3발이 동시에 날라와 말 몰던 마부의 한쪽 팔에 전부 꽂혔고 마부는 그대로 말에서 떨어졌다. 달구지에 누운 채로 실린 경인은 무슨 상황이 벌어졌는지 알 수 없었지만 크게 무언가를 외치는 누군가의 목소리를 듣고는 알 수 있었다.

"이게 진정 유교 사상의 중심이 되는 분이 원하시는 모습인가! 사람을 짐승보다도 못한 취급하며 착취할 수 있는 건 모든지 착취하는 것이 양반이란 말인가! 만약 이런 것들이 유교 사상의 일부가 맞다면 난 두 길 중 하나를 택하여 따르겠네! 이런 망할 유교 사상에 찌든 조선은 얼마 못 가 무너져 버릴 테니 난 모든 인간이 평등한 곳을 찾아 떠나거나, 이곳에 남아 계속해서 무식한 양반놈들과 탐관오리들로부터 착취당하는 백성을 조금이라도 더 많이 구제하고자 할 걸세!"

목소리의 주인은 바로 경인을 찾아 달려 온 정 진사였고 경인이 끌려가던 산길의 더 위로 올라가 마부를 쇠뇌로 저격한 것이었다. 마부를 저격하고 곧장 달구지 쪽으로 내려온 정 진사는 한 번 더 말을 잇기 시작했다.

"그리고 너희들이 데려가려는 아이 둘은 단순한 평민이 아니다." 그러고는 잠시 주춤하더니 큰소리로 외쳤다. "그 아이는….
각각 내 아들이고 며느리 될 사람이다!"

 경인을 자신의 아들이라 외친 정 진사는 곧장 창포검으로 경인과 그의 약혼녀를 포박하고 있던 줄을 잘라줬고 곧장 경인을 일으켜 무기들을 쥐여주고는 말했다. "자, 둘 다 잘 들어. 내가 여기까지 오면서 뒤를 몇 번 의식했었는데 누군가 계속 내 뒤를 밟고 있는 거 같아. 만약 이 예상이 맞으면 아마 우리가 나온 집에서 보낸 사람들이겠지. 만약 그 사람들이 보이면 무조건 그것들이랑 싸워야 하는데 경인이는 검술, 궁술 다 뛰어나니까 괜찮은데. 경인이 안사람 될 친구는 내가 수노기 사용법 알려줄 테니까 본인 지킬 때 꼭 써. 사용법은 쉬우니까 걱정하지 말고." 말을 끝낸 정 진사는 곧장 달구지에 실려있는 상자 중 하나에서 수노기를 꺼내 사용법을 알려주었고, 사용법도 굉장히 쉬웠기에 그녀도 사용하는데 금방 익숙해졌다. 그렇게 정 진사는 오른팔에 화살을 맞고 쓰러진 마부 또한 죽지 않았기에 달구지에 태웠고. 그렇게 곧장 본가로 향하고자 말을 직접 몰았다. 하지만 갑자기 1명을 태우고 가다 장장 4명을 옮기게 된 말은 빠르게 이동할 수 없었다. 하지만 그들에게 속도는 상관없었다. 모두 자기 자신들을 지킬 수 있었으니까.

 속도가 빠르지 못했기에 그들은 얼마 못 가 빠져나온 양반집에서 보낸 호위 병력에 따라잡혔다. 하지만 그들의 수장 격이었던 정 진사는 이미 예상했다는 듯이 말에서 내린 뒤 말했다. "이제 저것들이랑 싸워야 할 거 같네. 각자 지금 당장 공격할 수 있는 무기를 꺼내서 준비해야겠구만." 그렇게 정 진사는 쇠뇌 중 용의 머리 모양으로 장식되어 한 번에 3발씩 발사되는 쇠뇌인 용두삼시수노를, 경인은 국궁을, 경인의 약혼녀는 10연발이 가능한 수노기를 들고 자신들을 따라온 병력을 향해 화살 세례를 퍼부었다. 그렇게 병력 중 몇 명은 쓰러졌지만 따라온 병력은 상당히 많았기에 근접 무기를 가진 정 진사와 경인은 곧장 백병전에 돌입하였고 경인의 약혼녀에게 정 진사는 단검 하나를 쥐여주며 말했다. "좋아, 잘 들어라. 만약에 누군가 널 인질로 삼거나 해치러 들면 이걸로 네가 원하는 대로 처단해라. 알았지? 경인아 가자!" 그렇게 하여 그들은 자신들을 쫓아 제거하려던 병력을 역으로 전부 제거해냈다. 그렇게 모두를 다 처리한 뒤 안도의 한숨을 내쉰 뒤 뒤를 돌아본 정 진사와 경인은 순간 당황했다. 바로 정 진사가 방금전까지 우려했던 상황이 펼쳐진 것 싸움에서 이탈한 한 병사가 경인의 약혼녀를 인질로 잡고 있었다. 순간 당황한 둘은 이 상황을 어떻게 해야 하나 눈알만 굴리고 있던 그때 놀랄 만한 상황이 펼쳐졌다. 바로 여자를 인질로 잡고 있던 병사가 자기 바짓가랑이를 부여잡으며 울부짖었고 여자는 곧장 비명을 지르며 경인에게 달려가 안겼다. 알고 보니 정 진사로부터 받은 단검으로 자신을 구속하던 병사의 중요 부위를 찌른 것이었다. 너무 갑작스럽게 펼쳐진 상황에서 경인은 그저 자신의 약혼녀를 품에 안아 달랬고 정 진사는 경인의 약혼녀의 모습에 순간 눈이 초롱초롱해졌다. 모든 상황이 끝난 뒤 정 진사는 병사 중 화살로 죽은 병사의 몸에 박힌 화살을 전부 빼내고는 뒤를 돌아보며 말했다. "이제 그만 가자. 이 일은 자네들 혼례 끝난 다음에 다시 시작해야겠어." 그렇게 그들은 다시 움직이기 시작했다.

사제 관계에서 모두 가족으로

시간이 얼마나 많이 걸렸을까. 그들은 정 진사의 본가가 있는 나주까지 왔다. 그들은 부상당한 마부도 거두기로 마음먹은 채 정 진사의 본가로 들어섰다. 본가에 들어서자 정 진사는 집에서 일하는 마당쇠에게 타고 온 말과 짐 정리를 부탁했고 짐을 풀고 한결 가벼워진 정 진사 일행에게 한 어린 여자 아이가 정 진사를 향해 달려왔다.

"어르신! 보고 싶었어요!"

정 진사는 달려오는 아이를 힘차게 들어올리며 자신을 반기는 아이를 얼렀다.

"아이고 그려 고맙다. 어머니 아버지는 어디 아프시거나 그러진 않지?"

이 모습에 경인은 물었다.

"저기 스승님, 이 아이 스승님 자식 아니었나요?"

"아니 우리 집에서 일하는 애들 자식이야."

경인은 신분에 상관없이 누구나 다 평등하게 대하는 정 진사의 모습을 다시 한번 보며 그를 존경했다. 그리고 정 진사의 본가에서는 그동안 보지 못했던 그의 전혀 다른 모습을 볼 수 있었는데 바로 그의 아내와 만날 때였다. 아내와 만나기 전 정 진사는 자신이 안고 있던 아이에게 아내의 상태에 대해 조심히 물었다.

"근데 마님께서는 어때? 화 많이 나신 거 같아?"

"지금 마님께서 화 많이 나셨어요. 우리 어머니랑 대화하시는 거 조금 들었는데. 집에 오면 어르신 죽여버리겠다 그랬어요."

아이의 말을 들은 정 진사의 이마에 조금 땀이 나는 듯했다.

"진짜로 그렇게 말씀하셨어? 큰일이네, 말해줘서 고맙다. 자! 얼른 가서 놀아."

그렇게 여태 보이지 않았던 정 진사의 낯선 모습들에 경인은 신기해하며 말했다.

"그래도 마님께서 그냥 화난 마음에 홧김에 하신 말씀이시겠죠. 만나면 몇 대 맞으면 되죠."

"네가 내 안사람에 대해 잘 몰라서 그렇게 말하는 거 같은데 한 대 가지고 안 끝나니까 그러지. 일단 부뚜막부터 가보자."

그렇게 부뚜막 문을 연 정 진사는 그동안의 보였던 평소 목소리와는 달리 세상 고운 목소리로 말하기 시작했다.

"임자, 저 왔어요!"

처음 들어보는 정 진사의 밝은 목소리에 당황한 경인이 자신의 약혼녀에게 말했다.

"와… 나 스승님 저러는 거 처음 봐."

경인의 말을 들은 경인의 약혼녀는 물었다.

"근데 마님께서는 어떤 분이세요?"

"글쎄? 나도 직접 뵌 적은 없고 다 스승님께 들은 말밖에 없어서 정확히는 모르겠네? 근데 아마 엄청난 분이신 거 같아. 나 스승님이 저러시는 거 처음 봐. 누가 보면 엄청난 공처가로 보겠는데?"

그렇게 새로운 정 진사의 모습에 웃으며 얘기하던 둘에게 고운 한복을 입은 한 참한 여인이 곰방대를 피우며 둘에게 다가오며 말했다.

"안녕? 너희 둘은 처음 보는데 어떻게 왔어?"

처음 보는 여인에게 느껴지는 어딘지 모를 위엄에 쭈그러진 경인이 당황한 채 얼버무렸다.

"아! 저희는 그… 스승님께서."

그때 부뚜막에 있던 정 진사가 달려오며 말했다.

"임자!"

하지만 여인은 재빠르게 피고 있던 곰방대 속 담뱃잎을 털어내고는 달려오는 정 진사의 머리를 곰방대로 한 대 내리친 다음 곧바로 다리를 걸어 넘어뜨린 뒤 대뜸 정 진사를 나무랐다.

"내가 분명히 말했을 텐데, 이레 안에 집으로 오라고. 편지 받는 시간까지 생각해서 열흘 안에 돌아오면 그냥 넘어갈라 생각했는데 이게 뭐야. 달포[5]나 걸렸잖아! 약속도 안 지키고. 진짜 죽을래?"

이 말에 정 진사는 예전과는 전혀 다른 온순한 말투로 말했다.

"에이 임자, 한 번만 봐주세요. 대신 늦은 만큼 돈도 많이 벌었어요."

정 진사의 말을 듣자 그녀는 돈은 필요 없다며 큰 소리로 말했다.

"돈은 필요 없어! 난 그냥 네가 어디서 사고치다 뒤지지 않았으면 하는 거야."

그러고는 정 진사를 일으킨 뒤 몸을 곰방대로 이곳저곳 툭툭 치더니 말했다.

"어디 다치거나 한 데는 없지? 다음에는 약속한 게 있으면 꼭 지켜. 안 그럼 진짜 확 씨!"

아내의 위엄에 잔뜩 위축된 정 진사가 말했다.

"네에, 알겠습니다."

정 진사의 쭈그러진 모습을 본 아내는 코웃음을 한번 치더니

---

5) 한 달이 조금 넘는 기간

두 팔을 벌리며 말했다.

"알았어. 이리 와, 곰탱아."

그렇게 아내는 정 진사를 꼬옥 안아주더니 등을 토닥이며 말했다.

"그래, 안 다쳤으면 됐다. 이번에도 수고했어."

아내의 품에 안긴 채 경인은 거의 울먹거리는 듯한 말투로 말했다.

"아닙니다. 그게 뭐 대단하다고."

경인에게는 스승님을 넘어 아버지같이 다정하면서도 건고한 모습을 보이던 정 진사도 그때만큼은 미녀한테 애교 부리는 한 마리 곰 같았다. 정 진사 뒤에서 계속 머쓱하게 서 있던 경인과 그의 약혼녀를 보곤 말했다.

"그럼 네가 경인이야? 반달 곰탱이가 준 편지에서 네 이야기를 많이 들었어. 엄청 잘생겼다~"

이 말을 들은 정 진사는 아내와 경인을 쳐다보며 말했다.

"임자! 그럼 저는요? 저한테는 한 번도 그런 말 안 해주셨잖아요!"

"어머, 지금 질투하는 거야? 당신은 귀여운 거고."

훅 들어오는 안사람의 칭찬에 정 진사의 볼이 발그레해졌다.

"그럼 옆에 이 아가씨는 혼례 치르기로 한 아가씨겠네? 최대한 빨리 혼례 치르자. 내가 도와줄게."

그렇게 양반 부부의 도움을 받아 바로 경인과 그의 약혼녀와의 혼례를 준비했다. 혼례 전 정 진사는 이름이 없는 경인의 약혼녀에게 이름을 지어주고자 하였고, 그 이름은 경인이 지었다. 아름다울 미(美), 깨어날 경(獍). 미경이라는 이름이었다. 정 진사의 정신으로부터 생각하여 지었다고 했고 그녀도 굉장히 마음에 들어 했다.

"그럼 미경이라는 이름으로 하고 경인 자네는 성이 어떻게 되나?"

정 진사의 질문에 경인은 답했다.

"전 스승님 성 따라가고 싶어요. 정 씨요. 저는 부모님 전부 돌아가셔서 호적이 어떻게 되어있는지도 모르고 이름도 없이 계속 살다 스승님 덕에 이름까지 받았는데 성도 스승님 성 따라가고 싶어요."

예상치 못한 대답에 정 진사는 당황했지만 호탕하게 웃으며 말했다.

"뭐여. 그러면 경인이 네가 내 아들 되는겨? 미경이는 며느리고? 참 나. 갑자기 이러면 어떡해. 근데 나는 너무 좋아. 너희들만 괜찮으면 말이지."

 그렇게 경인과 미경은 혼례를 올렸고 미경의 노비매매문기도 곧장 태워버렸다. 호적도 더 이상 누군가의 노비가 아닌 각각 정 진사의 아들과 며느리로 새로 들어오면서 경인의 호패 또한 정 진사의 양자로 들어가면서 바뀌었다. 그렇게 하여 완전한 가족이 된 셋은 이후 어떻게 살까 고민하다. 경인은 미경에게 정 진사가 하는 일과 그가 그 일에 임하는 정신에 대해 얘기해 주었고. 정 진사에게 은혜를 지고 굉장히 좋은 생각이라 생각한 미경은 자신도 둘과 함께하고 싶다 말했다. 미경이 일행에 합류하고 싶다는 말을 들은 정 진사는 말했다.

 "그래 그럼 당분간은 조금 쉬었다가 다시 시작하자. 노비들을 해방시키는 데 사전에 준비해야 할 게 몇 개 있어. 거기다 미경이가 우리랑 같이 갈 거면 배워야 할 게 엄청 많아. 기본 훈련부터 시작해서 궁술, 검술, 무술 아으! 벌써부터 머리가 아프다. 그리고 이제는 우리 마님도 같이 움직일 거야. 성격은 너희들이랑 처음 만났을 때 봐서 어떨지 알 거 같지? 근데 예전에 경인이가 나한테 그랬는데, 둘은 자유로워지면 산으로 들어가서 산다고 했던 거 같은데? 왜? 그새 애비랑 더 있고 싶어졌나?"

둘은 웃으며 고개를 끄덕였다.

어느 숲속, 한 추노꾼들과 잡혀 온 노비들. 쉬고 있는 그들의 앞에 4명의 남녀가 각자의 무기를 든 채 걸어오기 시작했다. 그들의 목적은…. 이제 얘기 안 해줘도 알지 않겠는가?

연구소 습격, 그리고 아쿠마 조센징
혹은 일본군 사냥꾼

때는 아주 멀면서도 가까운 과거. 조선이 일본 제국으로부터 지배당하던 시절. 어느 한 실험 부대. 일본어를 하는 걸 보니 실험실 내 사람들은 모두 일본인들로 보이고 의사 가운을 입은 걸로 봐선 의사로 추정되는 사람들이 실험실 수술대 위에 있는 나체 상태의 다른 사람을 가지고 뭔가 실험하는 듯 보인다. 살아있는 상태의 실험체의 안구를 적출한 뒤 그 구멍으로 손을 넣은 뒤 뇌를 헤집는 것으로 보였다. 다음에 눕혀진 실험체는 아무런 마취도 없이 그대로 배를 갈랐다. 그리고는 갈비뼈를 부러뜨린 뒤 폐 하나를 적출하거나, 실험체 몸에 바닷물이나 말의 소변을 주입하거나, 실험체의 내장을 들어내고는 가축들의 내장과 바꾸기도 했다. 이런 끔찍한 실험이 얼마나 지속되었을까. 잠시 뒤 일본군 장교로 보이는 사람과 그를 호위하는 듯한 병사들이 들어왔다. 장교는 말했다. "이번 실험으로 얻은 정보는 뭐죠? 지난번 관통 실험 때 얻은 정보가 꽤 유익했는데." 의사가 실험 결과를 말해주려던 그 순간 장교를 경호하는 듯했던 병사들이 갑자기 돌변하여 장교의 머리에 총을 겨누며 말했다. "이게 그 결과다, 이 망할 놈아." 장교 옆에서 장교를 호위하는 듯했던 병사들은 사실 일본군이 아닌 조선의 한 무장 독립 단체의 일원들이었다. 일본어에 능한 대원들이 한 일본군 부대가 실험실 시찰을 나간다는 첩보를 입수한 뒤. 연구소로 잠입, 잠시 경비가 느슨해진 틈을 노려 시찰 온 일본군들을 소총으로 후려쳐 기절시킨 뒤 그들의 옷을 입고 위장한 것이었다. 그렇게 아무런 저항도 할 수 없었던 장교와 의사들, 기절시킨 일본군들은 모두 죽거나 끌려가 그들의 기지로 향했다.

이름 모를 숲속의 한 작은 기지. 앞서 나온 무장 독립 단체가 연구소에서 잡아 온 일본군 포로들을 심문하고 있었다. 잡힌 포로들은 자신들이 속해있던 부대의 위치와 무장 정도 등을 묻는 독립운동가들의 질문에 전혀 응하지 않고 오히려 그들을 조센징이라 부르며 비하하자 화가 머리 끝까지 난 독립군들은 결국 '그 친구'를 심문에 투입하고자 말했다. 그리고 독립군의 대장으로 보이는 자가 포로들에게 말했다. "우리가 원하는 대답을 얘기 안 하면 우리 쪽에서도 말로만 심문하지 않을 거야. 지금 갠 뭐하나? 자고 있나? 그럼 당장 깨워서 심문해야 할 고집불통 쪽바리들이 있다고 전해. 아님 쪽바리들이 자기들 딴에는 아주 위대하신 천황폐하를 위해 명예롭게 죽고 싶다 전해. 이제 더 이상 기회는 없어. 난 분명 기회를 여러 번 줬는데 모든 기회 전부 다 분명 너희들이 날렸다. 이제 곧 괴물 한 마리가 올 거야. 이름은 우리도 잘 모르겠어. 근데 별명은 되게 익숙할 거야. 별명은 그쪽 측에서 지었으니까. 만나면 반갑게 인사해주고 묻는 말에 바로 대답해야 너희들 목숨이 안전할 거야. 악마 조선인을 불러 와!" 대장의 말이 다 끝나자 취조실 문이 열리더니 평범한 모습의 한 사내가 급히 달려와서는 대장에게 귓속말로 말했다. "대장님. 지금 그 사람 자고 있는 게 아니라 지금 자기 취미생활 한다고 바쁘다고 전해 달랍니다." 대원의 말을 들은 대장은 한숨을 쉬며 말했다. "하아…. 그럼 조금만 기다렸다 이것들 손 좀 봐달라 그래." 대장의 말이 끝나기 무섭게 취조실에서 그 친구로 추정되는 한 남자가 큰 소리로 외쳤다. "육봉아! 시간 재야지, 어디 갔냐? 방금 하나 잘랐는데! 이번 건 진짜 빨리 했단 말이야. 아나 진짜이씨!" 그러고는 곧장 기괴한 몰골의 한 덩치가 취조실에서 나왔다. 게슴츠레한 눈에 헐렁한 차림 피 때문에 떡이 진 옷, 앞 허리춤엔 큰 칼을 차고, 왼손엔 손도끼를 들고, 목에는 사람의 코와 귀로 보이는 것들을 목걸이로 꿰매 매고 있었다. 그렇게 기괴한 모습을 한 채 심문실로 들어온 덩치는 하품을 하며 말했다. "누가 입을 가장 잘 열게 생겼습니까?"

조선에선 일본군 사냥꾼, 일본에선 악마 조선인(아쿠마 조센징)이라는 별명으로 불리던 그는 내 오랜 친구다. 오랜 친구임에도 불구하고 난 그의 이름을 모르고 아직까지 악마 조선인이라는 별명밖에 모른다. 그가 몇 살인지도 모른다. 다만 20대의 그가 악마 조선인으로 활동하던 때가 2차 세계 대전이 한창이던 1940년대라는 것. 조선은 이미 한참 전 1910년에 일본과 강제 병합되어 일본 제국의 식민지가 되었고 1920년대에 들어서기 전까지 일본 제국의 조선 통치 방법은 그야말로 찍어 누르던 시기였다. 하지만 약아빠진 그들이 통치 방법을 바꾸게 된 계기가 바로 1919년 일어난 3.1 만세 운동이었다. 이후 만세 운동이 전국적으로 확대되자 통치 방법을 바꿔야 한다 판단한 일본 제국은 약간의 문화적 자유를 허용하였다. 거기에 더해 1920~30년대 일본 제국의 경제는 엄청나게 발전한 상태였고 발전된 일본 제국의 모습을 본 조선의 수많은 지식인들은 자기가 태어난 민족을 등지고 변절하는 사태가 비일비재하게 일어났기에 나라의 독립은 더욱 어렵고 암울해지기 시작했다. 그러던 1939년 나치 독일의 폴란드 침공을 시작으로 인류는 또 한 번의 바보 같은 실수를 저질렀다. 독일의 나치즘, 이탈리아의 파시즘, 일본의 군국주의. 평화를 위협하는 전체주의 세력과 미국, 소련 등 그에 대항하는 대항 세력 간의 전쟁. 제2차 세계 대전이었다. 전쟁이 지속되는 동안 총기에 의한 군인들의 죽음은 피하려야 피할 수 없었겠지만 민간인들까지 굳이 단체로 죽였어야 했는지는 의문이다. 계속되는 민간인 학살에 조선의 여러 독립 단체 중 일부가 그에 필적하는 잔혹함으로 무장하기 시작했다. 한 무장 독립 단체에 협력했던 내 오랜 친구인 악마 조선인도 그중 하나였다.

그가 속해있던 항일 단체는 단순히 조선 내에서만 활동했다고 말하기 어렵다. 직접적으로 과격한 행위를 한 건 아니지만 미국과 중국 등 해외에 있으면서 자신들이 위치한 나라와 일본의 관계에 대해 조사하며 일제가 다른 국가들에게도 저지른 만행들을 본부에 전하는 독립운동가들도 있었기 때문이다. 그렇게 얻은 정보들을 토대로 잡아 온 일본군 포로 중 특별히 입을 열지 않는 자들을 심문하는 게 바로 내 친구, 악마 조선인의 일이었다.

그가 일본군들을 쓰다듬는 방법

 다시 원래의 이야기로 돌아와서 취조실 내에는 포로로 잡힌 일본군 장교 둘, 통역 담당 하나, 악마 조선인 하나 이렇게 넷만 남았다. 악마 조선인은 말을 떼기 전 뭐가 새겨져 있는지 모를 낙인 하나를 옆에 있는 숯불 통에 넣어 달군 뒤 통역의 도움을 받아 한 일본군 장교의 군복 가슴팍에 달린 훈장들을 도끼로 건드리며 말했다. "이건 뭐하고 받은겨? 조선인들 죽이고 받았어?" 악마 조선인의 말을 들은 장교는 말했다. "관동에서 일어난 조센징들의 폭동을 진압하는 자들을 돕고 관동 거리를 깨끗이 청소한 공으로 받았다." 장교의 말을 들은 악마 조선인은 피식 웃더니 비꼬는 듯한 말투로 박수를 치며 말했다. "우와~ 좋은 일 했네. 아주 훌륭합니다. 장교님 가슴팍에 훈장이라도 하나 더 달아 드려야 겠어요? 근데 나 뭐 하나만 물어보자. 만약 그 공 덕분에 이 지랄 난 거면 그 공은 어따 쳐 써먹어?" 장교를 조롱하던 악마 조선인은 본인 파이프 담뱃대에 연초를 넣은 뒤 성냥으로 불을 붙여 연기를 한번 쭉 빨아 뱉은 뒤 궐련 담배 한 개비를 포로 입에 물려주고는 불을 붙여주며 뜬금없이 자기 가족에 대해 말하기 시작했다. "내 가족에 대해서 한번 말해보자면 우리 어머니는 일본인이셨어, 지금은 일본 제국의 군국주의에 환멸을 느끼시고 조선으로 귀화하셨지만. 그리고 아버지는 조선에서 나고 자라신 조선인이시고. 하지만 지금은 안 계셔. 내가 3살 정도 때 관동에 계셨다가 일본인 깡패들한테 죽었대. 죽창에 찔려서 말이지." 한참 말을 하던 친구는 갑자기 도끼로 자신에 오른 손바닥을 그어 상처를 낸 뒤 흐르는 피를 반대편 손으로 가리키며 말을 이어갔다. "내가 갑자기 왜 뜬금없이 부모님 얘기를 하는가? 지금 내 몸에 흐르는 이 피 중 절반은 어머니 영향을 받아 사무라이의 피가 흐를 가능성도 있다는 거지. 내가 지금 왜 이 소리를 하는가? 여긴 두 가지

뜻이 숨어있어. 첫 번째로는 사무라이 정신인지 뭔지 때문인지는 모르겠는데. 내가 요새 취미로 수집하고 있는 게 하나 있어. 바로 내가 적이라 생각되는 놈들의 코, 그리고 귀를 수집하는 것. 지금 내가 차고 있는 목걸이도 그것들 코, 귀로 만든 거야. 예쁘지? 근데 너무 걱정하지 마. 난 너네가 단순히 일본인이어서 그러는 건 아니니까. 단지 내가 왜 이 짓을 하냐 하면 방금 얘기한 내 아버지의 마지막을 어머니께 들은 순간 당시 19살의 난 다짐했어. 나한테 있어서 적은 내 가족이나, 내가 가족으로 여기는 사람들을 건드리는 놈들이면 그것들은 다 내 손에 뒤지거나 죽는 거랑 별 다름없는 고통을 주기로. 그 놈이 쪽바리든, 짱개든, 양키든, 심지어 같은 조선인… 아 조센징이라 해줘야 니들 머리에 이해될 라나? 뭐가 됐든 간에 예외 없이 전부 다! 자. 다시 지금 상황 얘기로 돌아와서, 혹시 '나는 살 거다'라는 희망을 품고 있어? 희망은 굉장히 무서운 말이지. 먼 미래의 일에 대해 가지는 희망은 그리 무섭지는 않아. 하지만 곧장 목숨이 왔다 갔다 하는 상황에서 가지는 희망은 그 역시 좋을 수 있지만 되려 큰 배신감을 불러올 수도 있거든. 지금 이 상황을 두고 가지는 희망은 위험할 확률이 더 높아. 왜냐? 여기서 네가 가질 수 있는 희망이 빛을 발하려면

두 가지의 조건이 모두 성사돼야 해. 네가 머리가 엄청 좋거나, 내가 자비로운 성격이거나. 근데 만약 네 지능이 엄청나게 높아도 다른 조건이 성사되지 않았어. 이게 지금 뭔 소리냐? 희망을 갖지 말란 소리를 길게 지껄인 거지. 만약 네가 어떤 한 신을 믿고 따르는 유신론자라면 신한테 빌어 봐. 신이시여! 살려줘 시발. 이렇게라도 해 봐. 혹시 몰라? 신께서 네 간청한 바람을 들어주실지." 말을 다 끝낸 줄 알았던 친구는 자신이 좋아하는 한 사상 얘기를 하며 한 행동을 실행했다. "아, 갑자기 종교 얘기가 나오니까 생각 난 건데. 난 '삼불원'이라는 고사성어가 너무 좋아. 예가 아닌 것은 듣지도, 말하지도, 보지도, 행하지도 말라. 일본에서는 원숭이 석상으로 표현된 게 많다고 들었는데 대부분 다 3마리 밖에 없더라고. 한 마리 어디 갔어? 행하지 않음을 표현하는 원숭이 석상은 어디로 갔는지 모르겠어." 그러곤 자신의 손가락을 모두 굽힌 채 손을 보이며 마지막 말을 했다. "아 이런 모습이면 되지 않을까? 히히." 사실 이때까지만 하더라도 잡혀 온 장교는 조금 무섭기 시작했을 것이다. 친구는 단순히 나쁜 애를 넘어 진짜 미친 친구니까. 결국 장교는 뭔가 께름칙한 분위기와 공포에 결국 그들이 원하는 정보 일부를 알려주었다. 친구 또한 약속을 지킨다며 말했다. "감사! 난 약속은 꼭 지키는 사람이야. 근데 내가 말했던가? 정보를 말해주면 살려서 보내준다고 했는데 멀쩡한 상태로 보내준다고는 안 했지? 아마 내 예상에 넌 네 부대로 돌아가면 또 그 군복을 새로운 일본군 군복으로 갈아입겠지. 근데 그럴 필요 없게 만들어줄게. 네가 어떤 멍청한 단체에 충성을 다하고 있는지를 모두가 알 수 있게끔 말이야." 말을 끝낸 악마 조선인은 빨갛게 달궈진 낙인을 들었고 그로부터 몇 시간 뒤 장교는 산채로 자기 부대로 돌아갈 수 있었다.

며칠 뒤 부대로 돌아온 장교의 모습을 본 부대는 발칵 뒤집혔다. 장교의 모습은 삼불원의 이치를 모두 깨달은 모습이었다. 예가 아닌 것을 듣지 못하게 귀는 잘려 있었고, 예가 아닌 것을 말하지 못하게 혀가 잘린 채 주둥이는 꿰매져 있었고, 예가 아닌 것을 보지 못하게 눈에 천이 덧대어져 있었고 그 천은 눈 주변 살에 바늘과 실로 꿰메져 있었고, 예가 아닌 것을 행하지 못하게 손가락이 전부 부러진 채 구부러져 있었고, 덤으로 코까지 잘려 있었다. 여기에 더해 이마에는 그들이 전투 때 항상 들고 다니는, 거의 숭상하다시피 하는 군기인 욱일승천기 모양이 낙인으로 찍혀있었다. 하지만 부대로 돌아온 일본군은 한 명 뿐이었고, 다른 한 명은 어떻게 되었을까? 잠깐 그때로 돌아가니 장교는 삼불원의 이치를 깨달은 채 자기 부대 근처에 던져졌고 돌아가지 못한 병사는 그대로 악마 조선인이 그의 귀를 잡은 뒤 곧장 칼로 베어버렸다. 단칼에 귀를 베어버린 악마 조선인은 일본군의 귀를 벰과 동시에 통역을 담당했던 대원에게 소리쳤다. "몇 초 나왔어?" 시계를 들고 있던 통역병은 공포에 떨며 말했다. "그…5초 나왔습니다." 5초 만에 일본군의 귀를 벤 악마 조선인은 자른 귀를 든 채 어린아이처럼 좋아하며 팔짝 뛰었다. "흐흐흐흐흥! 신기록이네. 크큭, 이건 새 목걸이 만들 때 제일 가운데에 꿰매야지~" 그러고는 귀가 잘려 비명을 지르던 일본군 병사를 보고는 말했다. "아이고, 그렇게 아픈가?" 그러고는 오른손에 들고 있던 귀에 대고 말했다. "왜 그래, 괜찮아?" 이렇게 자기 군인들을 기괴하게 만든다는 악마 조선인의 소식은 당시 일본 제국의 총리대신이었던 도조 히데키의 귀에도 들어갔었다. 하지만 총리대신은 이 소식이 한참 태평양 전선에서 미국과 싸우면서 밀리고 있는 상황에서 자기 나라 군대의 사기를 떨어뜨리고 미군 이외의 또 다른 존재로부터 공포감을 조성할 것 같아 친구의 존재에 대해 계속 부정하고 묵살했다. 이렇게 일본 제국의 총리대신마저 빡돌게 하던 그는 일본군들을 고문하여 정보를 얻어내는 일을 하는 데 그치지 않고 일본군 장교들을 생포해오는 일까지 병행했다. 여기서 친구 성격이 드러나는 게 친구는 대장으로부터 생포 명령을 하달받으면 자신이 쓸 만한 도구를 지원받는 것 외에는 아무런 도움도 받지 않았다. 대규모로 이뤄진 부대는 목표로 삼지 않았고, 숲에 형성되어 있는 은거지 정도는 혼자 침입하여 목표를 제외한 나머지를 전부 몰살할 정도의 실력까지 갖추고 있었다. 이뿐만이 아니라 친구는 소리가 거의 나지 않는 암살을 지향했기에 사용하는 무기도 본인이 직접 정하거나 아예 제작하여 사용했다. 생포나 인질 구출 임무 수행을 나갈 때는 방해되는 건 시끄럽게 총으로 쏴 죽이기보다 하나씩 조용히 암살하는 방법을 선호하기 때문에 근거리에서 사용하기 위해 심문 때 쓰던 손도끼와 칼집에 소중히 보관한 쿠크리[6] 검, 투척하기 편한 크기의 단검 몇 자루, 중거리에서 최대한 소리를 줄이기 위해 준비한 투석구와 새총, 새총에 넣어 발사하거나 투석구에 넣어 던질 수 있게 본인이 직접 만든 납으로 된 구슬, 바람총과 바람총에 넣어 발사할 침에는 극소량

---

6) *네팔의 도검으로 일상적인 용도와 함께 예식용으로도 쓰였던 검이다.

으로도 인체에 치명적인 독을 구하기 위해서 아예 직접 독사를 잡아 독을 짜낸 뒤 뾰족한 침에 바른 독침까지 준비해 무장했다. 친구는 바람총이 나가는 거리와 즉사 부위까지 정확하게 알고 있었고 실제로도 마치 이 일이 천직인 마냥 귀신같이 잘 맞추기도 하였다. 친구에게 들은 몇 가지 사례 중 가장 기억에 남은 사례는 깊은 숲에 은신하며 재정비 중이었던 소규모의 일본군 부대를 몰살한 사건이다. 임무 수행에 앞서 친구는 위장을 위해 뒤집어쓸 옷을 녹색으로 칠하고 나뭇잎을 다닥다닥 붙여 입은 뒤 길을 나섰다.

그는 닌자인가?

수풀 더미 그 자체가 된 친구는 숲으로 들어가 앞서 말했던 포로 심문을 통해 얻은 자료를 토대로 목표를 향해 산을 오르고 올랐다. 다행히 포로가 말한 정보는 거짓이 아니었고, 친구는 부대에서 조금 떨어져 부대원들의 수를 확인했다. 혼자서 해결 가능한 정도였기에 친구는 조용히 부대 안으로 들어갔다. 우선 멀리 있는 보초병들은 납덩이를 넣은 투석구를 돌려 던져 머리를 맞춰 기절시킨 뒤 손도끼나 쿠크리로 끝을 내고 부대 깊숙이 들어갈수록 서로 간의 거리가 가까워지는 병사들은 먼저 시선을 돌리기 위해 큰 사이즈의 돌을 던져 시선을 유인한 뒤 곧바로 모가지를 꺾어버리고, 단검을 던져 목에 꽂아버리고, 죽지 않은 병사는 일어나지 못하게 쿠크리로 목을 날리거나 손도끼로 무참히 찍어 버렸다. 보초병들은 인원이 많긴 했지만 상대적으로 부대의 외곽에 있었기에 제거가 쉬웠지만 부대 내곽에 있는 일본군들은 상대하기가 좀 까다로웠다. 그때 친구는 새총에 화살이나 총알을 끼워 쏘거나 바람총을 이용하여 부대 내곽에 있는 일본군들을 하나씩 조용히 사살한 뒤 목표가 있는 천막을 급습하여 심문을 통해 정보원으로 써먹을 만한 일본군 장교나 부사관들을 생포하거나, 포로로 붙잡힌 인질들을 구출하는 일을 수행했다.

하지만 이런 굉장한 일을 해내는 친구에게 아직까지도 이해 안 가는 점이 하나 있다. 바로 예상치 못한 상황으로 인해 생긴 피해에 대해서도 아무런 도움을 받지 않는다는 점이었다.

그때의 상황도 금방 말한 사례와 비슷하게 소규모 부대에 침입하여 정보원이 될 만한 것을 찾아 생포하는 것이었다. 하지만 예상치 못한 점이 있었으니 바로 부대의 현장 지휘관이 자신을 잡으러 누군가 온다는 것을 이미 알고 있었다는 것이다. 때문에 아무리 친구가 자기가 왔다는 걸 알리지 않기 위해 최대한 조용히 부대원들을 암살하며 다가가도 그는 다 알고 있었다. 이미 모든 걸 알고 있던 지휘관 때문에 모든 부대원들을 암살한 뒤 목표가 숨어있는 천막에 들어갔을 때 목표인 지휘관은 발 빠르게 책상 밑에 숨어 있었다. 그리고 친구가 천막 안으로 들어오는 순간 쥐고 있던 26년식 리볼버를 발사하여 친구의 오른쪽 허벅지를 맞췄다. 하지만 다행히도 친구가 천막에 들어감과 동시에 책상이 살짝 흔들리는 걸 보고 누군가 숨어있다는 걸 확인했기에 그가 책상에서 튀어나오는 순간 몸을 날려 총알이 허벅지를 스쳐 가는 정도에 그치게 만들었다. 친구는 총으로 무장한 채 자신의 정체에 대해 어느 정도 알고 있던 사람을 더는 살려 둘 수 없었고 나머지는 전부 몰살하여 총성을 들을 사람도 없었기에 친구는 바로 옆에 죽였던 병사가 들고 있었던 아리사카[7]를 써서 곧장 생포

---

7) 1897년부터 1945년까지 쓰였던 일본군의 주력 소총

해야 했던 목표의 숨을 끊은 뒤 절뚝거리며 자신의 본거지로 돌아올 수밖에 없었다.

본거지로 돌아온 친구의 모습을 본 대장은 곧장 치료해야 한다며 의무병에게 데려가고자 했으나, 친구는 됐다면서 그냥 필요한 치료 도구 몇 개만 달라하여 얻은 뒤 본인 몸을 스스로 치료했다. 치료할 수 있는 사람이 없었던 것도 아닌데 그냥 남의 손 벌리기가 싫었던 건지 난 아직도 이해가 가질 않는다. 그렇게 심문과 생포 일에 도가 튼 지 얼마 지나지 않아 미국에 있던 동포가 한 소식을 보내왔다.

편지 내에는 일본 오가사와라 제도의 치치지마에서 미군 포로들이 생존을 위해서가 아닌 단순 재미로 일본군들에게 도살당해 먹혔고 도살당하지 않은 포로들은 동료의 인육을 강제로 먹어야 했다는 이야기를 담고 있었다. 이 애길 들은 친구는 화도 안 내고 그냥 그러러니 했다. 어차피 그것들은 이미 예전에도 비슷한 일들 많이 했다면서 화가 안 난다고 말했다. 이미 몇 년 전 중국에 있던 동포는 난징에서 일어난 민간인 대학살 애기를 들려줬고, 친구의 유아 시절 때는 간도에 살고 있던 조선인들이 일본군들에게 무참히 학살당했다는 얘기를 들으면서 점점 일본군들의 만행에 점점 무뎌지면서 '그냥 그것들이 원래 그런 놈이지.'하고 점차 일본 전체를 싸잡아서 같은 선상에 두기 시작했었다. 하지만 그들의 잔혹한 행동들에 무뎌질 뿐 자기 가족을 해한 놈들에게 행하던 행동들 또한 무뎌지지 않았다. 때로는 일본군들의 행위가 적힌 신문을 보고는 그대로 따라 하기도 했다. 과거 난징에서 일어난 대학살 사건에 관한 신문을 보고는 신문 내용과 비슷하게 자기 자신과 경쟁하기 시작했다. 바로 얼마나 더 빨리 일본군의 코나 귀를 도려내는가 말이다. 그렇게 친구가 점점 광기에 물들어갈 때쯤 일본 본토가 그야말로 큰 불꽃에 휩싸이는 사건이 발생했다.

강력한 두 방과
일본 제국의 몰락

1945년 8월 6일 오전 8시 15분 평화로웠던 히로시마는 리틀 보이라는 원자폭탄에 의해 온통 불바다가 되었고 수많은 사람이 목숨을 잃고 말았다. 사실 이때까지만 하더라도 친구가 소속된 단체에서는 일본이 연합군에게 항복할 거라 생각했다. 하지만 일본은 끝까지 무조건 항복을 거부했고 '1억 신민들이여 우리 모두 천황폐하를 위해 옥처럼 아름답게 부서지자'는 일명 '일억총옥쇄'라는 뭔 개떡 같은 슬로건을 내세웠다. 하지만 미국에겐 원자폭탄이 하나 더 있었다.

그렇게 히로시마의 참극으로부터 3일 뒤인 1945년 8월 9일 일본 나가사키 지역에 팻맨이라는 또 하나의 원자폭탄이 투하되어 3만 5,000명의 사상자가 나오고 1.8 평방마일의 구역이 쑥대밭이 되자 그제서야 일본은 무조건 항복을 하게 되었다.

그렇게 일본의 패배는 확실하게 되었고 전범들은 모두 전범 재판에 회부되었다. 하지만 A급 전범들 중 2명이 끝까지 모습을 보이지 않았다. 실종되었다면서 일각에선 도망친 거다, 미국이랑 쇼부쳐서 빠져나온 거다, 온갖 억측이 난무했었다. 그러다 며칠 뒤 재판소에 소포가 하나 도착했는데 소포 속엔 실종되었던 A급 전범들의 잘린 머리들이 들어있었는데 두 머리는 전부 코와 귀가 잘리고 이마에 욱일기 문양의 낙인이 찍힌 채 들어있었고, 머리통 옆에는 쪽지 한 장이 있었다.

다치바나 요시오[8]: 생존이 아닌 단순 재미로 식인을 생각한 이 자의 머리 구조가 궁금하여 산 채로 머리를 열고 뇌를 도려낸 뒤 한 조각 잘라 구워 먹어보고 뇌 주인에게도 한 점 입에 넣어 줌.

이시이 시로[9]: 극한의 고통 속에서도 사는지 궁금하여 마취 없이 개복 후 갈비뼈를 하나씩 박살 내서 주요 장기에 하나씩 꽂아 봄. 별로 재미는 없었음.

두 놈 코랑 귀는 가져갑니다. 뭐 둘 다 그냥 지들 업보라고 해두죠.

추신 - 이 세상엔 절대악도 절대선도 없습니다. 그저 돈과 거래가 오갈 뿐.'

악마 조선인

---

8) 다치바나 요시오(1890~1947)는 실제 역사에선 전범 재판을 통해 1947년에 사형당했으며 현재 야스쿠니 신사에 봉헌되어 있다.
9) 이시이 시로(1892~1959)는 실제 역사에선 전범 재판을 위한 추적을 피하기 위해 가짜 장례식을 치르고 가명을 쓰며 살다 1959년 67세의 나이에 후두암으로 사망한다.

조선의 독립 이후,
악마 조선인과 와타나베

그동안 내 친구 악마 조선인은 10대 시절부터 조선이 독립하게 된 1945년 전쟁이 끝나기 직전까지 수많은 일본군들을 잔인하게 고문하고 살해했는데. 악마 조선인이 쓰다듬었던 일본 제국의 군인들 중 나마저도 혀를 내두를 만큼 치욕적으로 끝을 냈던 한 일본군 부사관이 있었는데 그의 이름은 '와타나베 무츠히로[10]'였다. 맥아더가 만든 전범 목록에서 대부분이 장교였던 것에 비해 일개 부사관 애새끼였던 와타나베는 우선 원자폭탄으로 안 그래도 안 좋은 쪽으로 기울어져 있던 전세가 그냥 무너져버리면서 혼란스러워진 일본에서 전범 재판을 기깔나게 피해가면서 숨어 살다가 재수 없게 자신을 보러 기어코 일본까지 찾아온 악마 조선인과 만나 그의 죽빵 한방에 의해 기절한 뒤 악마 조선인에게 실려 조선으로 다시 향하는 밀항선에 실려 얼마 전까지만 하더라도 자신

---

10) 와타나베 무츠히로(1918~2003)는 실제 역사에선 태평양 전쟁 이후 약 7년 동안 전범 재판을 피해 식당이나 농장에서 일하다 미군 점령이 끝난 이후 보험 회사 세일즈맨으로 일하면서 호주의 골드 코스트에서 지내며 무척이나 부유한 생활을 하면서 살다 2003년 사망했다.

이 충성하던 나라의 식민지였던 조선으로 끌려와 악마 조선인의 취미생활 대상이 되어버렸다. 근데 왜 하필 다른 일본군들도 많은데 왜 굳이 와타나베 꼭 그 사람이어야 했을까? 바로 악마 조선인 본인이 말하길 자기가 과거 한 독립군 부대에 협력하기 이전 어머니의 인맥으로 친하게 지냈던 빨간 머리에 초록 눈을 가진 한 미국인 선교사가 있었는데 악마 조선인과 절친으로 어린 시절을 함께 한 선교사의 아들이 미군으로 복무하던 시절 와타나베가 지휘하던 수용소에 포로 신분으로 끌려가 와타나베에게 온갖 모진 고문을 받다 결국 사망했기 때문이라고 말했다. 이로 인해 화가 머리끝까지 난 악마 조선인은 일본까지 넘어가 그를 납치한 것이었다. 이런 이유로 인해 함께 조선으로 건너온 둘은 일본이 전쟁에서 패하면서 조선이 독립될 것이라 생각한 과거의 동료들이 모두 떠나간 숲속 기지에서 오로지 악마 조선인 본인과 와타나베 단둘만 있는 공간에서 악마 조선인의 마지막 취미생활이 시작되었다. 정말 이때는 단순히 코, 귀를 자르고 욱일기 문양을 이마에 새기는 정도에서 끝나지 않았다. 친구는 와타나베를 납치하기 위해 일본에 있었을 때, 신문에서 본 기사 중 포로 수용소 내 악마라는 별명을 가졌다고 쓰여있던 와타나베가 정말로 악마인지 궁금하여 갖가지 시험을 해보았다. 먼저 처음에는 그의 고막에 방금 불붙였다 끈 성냥개비를 넣는다던가, 치아를 무마취 상태에서 발치하는 걸로 시작했고 비명을 지르면 곧장 귀를 잘라버렸다. 그리고는 매우 추운 겨울이었던 당시, 정말 짧게 약 1시간 정도 취미생활이 진행되었던 숲속에서 나체 상태로 만들어버린 뒤 함께 숲을 산책하였다. 산책하는 동안 정말 극한의 추위에 덜덜 떨던 와타나베는 악마 조선인에게 살려 달라는 말이 아닌 그냥 옷이나 담요만이라도 달라며 말했고 그의 말을 완벽히 알아듣지는 못했지만 뭔가 사정하는 듯한 그의 말투와 행동, 모계 혈통 덕에 친구는 곧장 와타나베의 말뜻을 어느 정도 이해하였고 곧장 그를 고문하던 숲속 굴로 들어가 완전히 얼다시피 한 와타나베의 몸에 뜨거운 물을 부어주었다. 사실 친구는 그때부터 와타나베는 악마가 아닌 그냥 자신과도 별 다를 바 없는 나약한 인간인 것을 알았다. 그렇게 몸을 녹인 와타나베는 아주 잠깐의 기쁨을 느꼈고 이후 악마 조선인의 태권도 겨루기 상대로 전락하다 얼마 못 가 악마 조선인의 최고 무기에 나머지 귀 한쪽과 코가 잘려 나갔으며 마지막으로 이마에 욱일기 문양이 최고 무기로 새겨진 채 죽었다.

여기서 말하는 '최고 무기' 또한 악마 조선인이 굉장히 아끼기에 웬만해서는 잘 안 쓰던 무기로 와타나베를 죽이기 전 최고 무기에 대한 설명을 주저리주저리 떠들기 시작했다. "이건 진짜 내가 아까워서 최대한 안 쓰려고 하는 칼이야. 근데 도저히 안 쓸 수가 없었어. 니들 지랄하는 게 어디 한두 번이었어야지. 그럼 뭐 어쩌겠어? 매번 칼에 묻은 피를 깨끗이 닦고, 3일에 한 번씩 기름칠을 하고 날을 세우면 돼. 가족으로 생각하던 옛 동료 한 명이 버마에 갔을 때 가져온 거야. 갑자기 버마엔 왜 갔었나? 니들 일제가 일으켰던 학살 사건 조사하러. 그렇게 버마로 간 동료가 밀림에서 총에 맞은 채 낙오된 군인으로 보이는 한 사람을 구해줬다는데 그 사람이 말하길 자기는 버마 사람이 아니라 네팔 사람이라 하더라고 그리고 자기들은 코쟁이 군대 외인 용병 부대로써 버마[11]에 온 거라고. 근데 친구가 구한 용병은 각자 부대로 돌아가긴 했지만 총상에 여러 부상이 겹쳐있었던 터라 자기 부대로 돌아가고 얼마 안 가 죽었다 하대? 그때 자기를 구해준 감사의 표시로 이 칼을 자기한테 줬다고 하더라고. 그리고 이 칼을 받은 친

---

11) 現 미얀마

구는 지금 어디 있는가? 일본군 총에 맞아 죽고 유해는 고향으로 돌아갔어. 동료의 유품을 정리하다 유서가 나왔는데 거기에서 자기가 죽으면 이 칼을 나한테 준다고 써놨더라? '이 칼로 더 많은 왜놈들을 척결해 주세요.' 그렇게 그 친구 말대로 일제에 대한 악감정으로 이 칼이랑 도끼로 미친 듯이 일본군을 베고 찍고 찢있다. 오로지 착한 일본군은 죽은 일본군 뿐이라는 생각으로 일본군 숨통을 끊어댔어. 이 칼에 썰린 일본군 목이 어림잡아 300명은 족히 넘을걸? 그렇게 한 층 분노를 풀어가면서 이 행위에 대해 의문을 들기 시작했어. 내 행동이 정말 맞는 건지, 물론 군인들만 죽여댔지만 난 이제 살인에 중독된 걸까? 그렇게 의문투성이였을 때 설상가상으로 어머니께 어머니 친구분의 아들. 즉 내 어린 시절 절친. 아일랜드계 미국인 선교사 자식이었던 칼란 머피가 미군에 자원입대해서 전쟁에 참전했다가 적군에 포로로 잡혀서 수용소 생활을 하다 얼마 못 가서 죽었다고 들었어, 바로 네 손에! 그 때문에 방금 말했던 그 의문점은 금방 해결됐어. 이제 더 이상의 일본군 사냥은 필요 없다고 생각했어. 마지막으로 딱 내 친구 죽인 그 새끼만 잡아와서 같이 놀기로. 근데 지금 그 사람이 내 앞으로 왔네? 그때 갑자기 와타나베는 포박당한 줄을 어떻게 풀었는지 푼 손에 온 힘을 다해 친구 얼굴에 주먹질을 한 뒤 도망치려 했지만, 이미 오래 지속된 고문으로 다리는 두 짝 다 애저녁에 부러진 채였기에 그냥 기는 수밖에 없었다. 주먹도 아무리 온 힘을 담아봤자, 고문으로 엉망이 된 몸에서 뭐 얼마나 강한 힘이 나오겠는가? 곧장 기던 와타나베는 다시 친구와 나란히 의자에 앉혀진 채 도로 묶일 뿐이었고, 친구는 와타나베에게 본인이 정의한 인간에 대해 말하고는 바로 작업에 착수했다. "마지막으로 너희들한테 해주고 싶었던 말이 있었어. '이 세상엔 두 종류의 인간이 있다. 패배했을지언정 명예로운 죽음을 택하려는 자. 어떤 비겁한 수를 써서라도 승리하고 살아남으려는 자. 난 그냥 쉽게 후자라 생각해. 니들처럼 무슨 수를 써서라도 이기려 하는 놈이었다고. 얘기가 참 길었지? 별의별 얘기를 다 하네 어차피 넌 곧 뒤질 건데. 그래도 너 하나 잡겠다고 직접 일본까지 가서 널 데려왔어. 누가 보면 우리 연인 사이인 줄 알겠다. 그럼 이제 그만 시작할까? 내 취미생활의 끝을. 사무라이 정신!" 이렇게 해서 죽은 와타나베는 죽은 이후에도 몇 가지 이야기가 있었는데 바로 시신을 처리하는 과정이었다.

사실 이전에만 하더라도 자기 신경 건드리던 놈들의 코와 귀를 수집하고 남은 몸은 나 몰라라 했던 친구가 이때는 정말 특이하게도 죽은 와타나베의 몸을 직접 화장한 뒤 유해를 한 단지 속에 넣어 땅에 묻어주는, 그전과는 생판 다른 행동을 하기 시작했다. 물론 단지를 묻기 전에 단지를 향해 용두실[12]을 하였고, 손에 묻은 건 수풀에 나뭇잎으로 닦아냈다. 그러다보니 땅에 묻어 줄 유해 단지 속엔 오로지 와타나베의 뼛가루만 들어있지는 않았다. 악마 조선인의 침을 비롯한 체액 약간? 그리고 항상 그가 목에 차고 다니던 코, 귀로 장식된 목걸이까지 전부 다. 그렇게 아주 정성스럽게(?) 와타나베를 땅에 묻기 전 악마 조선인은 와타나베의 죽은 유해가 든 단지를 앞으로 맨 채 북을 치고 제목도 흐릿한 책을 봐가면서 굉장히 괴상한 동작과 말을 했다 하는데 이는 아마 과거 전쟁 당시 일본군들이 중일 전쟁 등의 전쟁 현장 속에서 당시 전투가 끝난 뒤 치렀던 '아와 오도리'라는 행사를 재연하는 것 같았다. 그리고 마지막으로 악마 조선인은 죽은 와타나베를 묻은 뒤 그가 묻힌 장소에 묘를 만들고 나무로 명패까지 만들어 세워주고는 본

---

12) 자위 행위의 다른 표현

인 짐을 든 채 떠났고 다시는 돌아오지 않았다. 명패에는 이렇게 적혀있었다. '열등감 덩어리 와타나베 무츠히로 이곳에 뻗다.' 그리고 이는 악마 조선인이 자신의 별명이 생기는데 가장 큰 영향을 주었던 그의 괴상한 취미생활이 완전히 끝나는 순간이었다.

친구와의 마지막 돗대와 노가리

 그렇게 친구가 마지막까지 야무지게 자신의 취미생활을 끝맺는 동안 1945년 8월 15일 조선은 드디어 독립을 일궈내었고 3년 뒤인 1948년. 정부가 수립되어 대한민국으로 재탄생 되는 그 순간까지 취미 생활의 끝을 화려하게 마무리 지은 친구는 자신이 협력했던 무장 독립 단체도 나라가 독립하면서 자연스럽게 해체되자 이후 사랑하는 사람을 만나 결혼하고 아이까지 낳으며 평화롭게 살고자 하였다.
 하지만 5년 뒤 1950년 친구는 동족상잔의 비극에 던져졌고 휴

전까지 3년간의 그 과정 또한 정말 갖은 고생을 하였고 평화로운 삶은 노년기에 들어서야 살 수 있었다.

  전쟁이 휴전된 이후 친구는 아들 둘에게 자신의 과거 이야기를 해주면서 계속해서 통쾌함을 느꼈다. 하지만 친구가 해준 이야기들 중에서 와타나베가 자신의 최후를 맞이하게 해준 이야기는 진짜 예전부터 친구가 너무 심했던 거 아닌가 생각했지만 친구가 쓰다듬어 준 놈에 대해 들어보니 그렇게 당해도 싼 놈이었다. 친구의 자식들은 처음에는 친구의 활약상을 굉장히 심도 있게 들었으나 똑같은 말이 계속됐기에 어느새 두 아들은 물론이고 옆에서 아들들이 집중하게끔 도와주던 나마저도 한 귀로 듣고 한 귀로 흘렸지만 친구는 자신의 생각 중 일본에 대한 마음만큼은 자기가 죽을 때까지 후세에 전하고 싶어 했다.

  "일본이라… 나는 일본 자체를 싫어한 게 아니야. 일본에도 좋은 사람은 분명히 존재할 거야. 마치 과거 식민 지배 시절 우리 민족을 등진 새끼들도 있는데 그 반대의 경우가 없으리라는 보장도 없잖아. 내가 싫어했던 건 단지 그 당시 일본의 군국주의 세력이었다. 그들은 이미 타인에게 인간으로서의 기본 권리를 짓밟았고 본인들 스스로 인간이 되기를 거부 한 거야. 솔직히 일본이 원자폭탄을 맞았을 때 처음의 난 속으로 '쪽바리 놈들 쌤통이다.' 하면서 좋아했었지. 인과응보라고, 계속 미국한테 깐족대다가 결국 저 꼴 날 거 같았거든. 근데 생각해보니 원자폭탄 투하로 인한 직접적인 피해는 고스란히 일본 내의 일반 시민들한테 가고, 당했으면 하는 것들은 잘 살아있다가 전범재판으로 넘어갔어. 게다가 원폭 투하 이후 황폐해진 현장 정리와 재건 등 사후 처리에 투입시킨 사람들은 대부분 일본 내에 강제로 징용되었던 우리 조선 사람들이라 하더군. 전범 재판 결과도 참 개판이었지. 굵직한 사건들의 총책임자를 제외하곤 대부분 다 가벼운 벌 받고 나와서 떵떵거리면서 살다 편하게 뒤졌지. 내가 도륙했던 둘에 플러스 몇 명 빼고 말이야. 자기들의 무지함 때문에 자국민들까지 갈려 나갔는데도 말이지."

그리고 친구도 세월의 흐름에 의해 2003년 노환으로 사망하고 그가 거두었던 아이들은 자라고 자라 자기들만의 가정을 꾸렸고 아이들이 자라면서 낳은 자식들은 또 성장하여 자식을 낳았고. 그 자식들도 또 성장하여 가정을 꾸리며 어느덧 21세기 현재에 이르렀다.

친구가 죽기 며칠 전. 친구가 좋아하는 파이프 연초를 가지고 그를 찾아가 서로 담배 한 대 태우며 정말 오랜만에 이야기를 나

넜었다. 노인이 된 친구의 집은 갑자기 산의 정기를 받으며 살겠다면서 깊은 산 속으로 들어가 짓게 되면서 친구와 만나는 횟수도 현저히 줄어들었다. "아니 왜 집을 산속으로 옮긴 거야. 오는 사람 힘들게시리." "자네가 있잖나? 약속한 건 가지고 왔나?" "그래. 자, 레드 애플. 이 연초 맞지 친구? 왜 레드 애플이야? 사과 맛이 나나? 얼른 파이프에 넣어. 성냥 줄까? 이제 너랑 나랑 얘기할 수 있는 시간이 별로 없는 거 같아서 조급해지는구만. 자네가 생각하기에 지금 쪽바리들은 어때? 아직도 젊었을 때 자네가 나섰으면 해?" 친구는 레드 애플 연초를 자신의 파이프에 넣고 성냥으로 불을 붙인 뒤 한번 쭉 들이마신 뒤 연기를 내뱉으며 말했다.

"흐음… 쪽바리라고 부르지 마. 지금 일본의 젊은 친구들은 잘못이 없어. 잘 모르는 게 죄라면 나를 포함한 모든 사람이 다 죄인이야. 잘못은 과거를 계속 왜곡한 뒤 잘못된 역사를 후세에 가르치는 것들한테 있지. 거기서 자기 조상들이 과거에 저질렀던 만행들에 대해 정확히 모르는 젊은 친구들이 제대로 된 과거에 대해 알아내고자 하는 마음 정도만 가지고 있으면 돼. 그럼 개네들은 너무 좋은 애들이지 그럼 그들의 조상들이 줄창 노래를 불러대던 아쿠마 조센징이 열 받을 일도 없을 거야."

너무나도 조용했던 1980년대 초반의 어느 산속. 작디작은 오두막집 한 채와 트럭 한 대를 제외하면 주변에 아무것도 없는 정말 외진 곳에 위치한 오두막 밖에는 한 남자가 나무 의자에 손, 발이 줄로 결박된 채 앉아있었다. 저 남자는 누구이기에 의자에 묶여 있었을까? 의문뿐인 그때 60대 정도로 보이는 한 노인과 20대 정도로 보이는 젊은 남자가 양손에 무언가를 든 채 오두막에서 나왔다. 노인은 카세트 플레이어를 들고 나왔고, 젊은이는 소총에 다는 대검과 쇠파이프를 든 채 나오며 말했다. "할아버지 테이프 상태는 괜찮나요? 괜찮으면 바로 시작해요." 그렇게 노인은 카세트 플레이어를 작동했고 카세트에서는 한 동요가 흘러나왔다.

괴물의 탄생

나는 1960년대 즈음에 태어났다. 우리 가족의 대부분은 젊은 시절 한 성깔 하셨던 분들이 많았다. 우선 할아버지께서는 1920년대에 태어나, 20대셨던 1940년대에 조선의 한 무장 독립 단체에 협력하여 잡아온 일본군 포로들을 잔인하게 고문하여 정보를 캐거나, 아예 직접 정보원으로 써먹을 만한 일본군 장교나 부사관 등을 생포하기 위해 소규모 일본군 부대에 직접 잠입까지 하셨던 엄청난 분이셨다. 그리고 그런 할아버지의 자식들 중 아들 두 명. 즉 나의 아버지와 삼촌은 각각 1940년대 후반, 1950년대 초에 태어나셨고. 피란민 신분으로 한국 전쟁을 겪은 뒤 1960년대 두분 다 군에 입대하신 뒤 베트남 전쟁엔 직접 참전까지 하셨다. 전쟁 도중 아버지는 전사하셨고 살아 돌아온 삼촌은 계속해서 군인의 삶을 살며 높은 장교로 진급하는 데에도 성공하시면서 군 내에서도 꽤나 높은 위치에 앉게 되셨다. 그러는 동안 아버지를 잃은 나와, 남편을 잃은 어머니를 비롯한 우리 모녀는 삼촌의 큰 지원 밑에서 잘 지내나 싶었다. 가끔씩 삼촌이 해주는 아버지 애기를 들어보면 아버지가 단순히 베트콩들의 총탄에 죽은 건 아니었고 국군에 의해 총살당한 거였다. 왜 총살당했나 하니 아버지와 삼촌이 속한 소대가 매복 중인 베트콩 무리에게 집중사격을 가했지만 그들은 베트콩이 아니라 그냥 죄 없는 민간인들이었다. 아버지는 적으로 오인되어 죽은 사람들을 빠르게 수습하려 했지만, 부대에서는 민간인들에게 총격을 가했다는 사실이 새어나가지 않기 위해 아버지와 삼촌의 반대에도 불구하고 부대를 지휘하던 중대장은 당시 현장에 있던 민간인들을 모두 죽이라 지시했고 그렇게 현장에 있던 사람들은 모두 총살되었다. 그 사건 이후로 아버지와 삼촌이 속한 중대는 그야말로 살얼음판이 지속되었고 어느 날 민간인 학살을 지시한 중대장은 싸늘하게 죽은 채로 발견되었다. 이쯤 되면 왜 아버지가 죽었는지 대충 나오지 않는가? 바로 아버지가 한밤중에 중대장을 죽인 후 곧장 자백하여 얼마 안 되어 총살되었다. 내가 이 얘기를 삼촌한테 들었을 때 가끔 삼촌은 눈물을 훔치며 말하곤 하셨다. "전쟁 겪어보니 우리도 쪽바리 놈들이랑 별 다를 바 없는 놈들이었어. 마음 같아 선 당장 전역하고 싶었는데 그럼 남은 가족은 누가 책임지나? 형님도 죽은 마당에. 그러니까 너는 나중에 커서 다른 건 다 좋은데 군인은 안 했으면 좋겠다. 삼촌의 한탄과 함께 조용히 하루하루가 지나가고 나도 잘 지낼 수 있을 줄 알았지만 1979년 12월 12일 내가 10대 후반이던 해. 군 내에서 반란이 일어났다. 바로 군 내 한 사조직이 있었고 1979년 10월 26일. 당시 대통령과 경호실장이 중앙정보부장에게 피살당했고 중정 부장 또한 체포된 뒤 얼마 안 가 사형되었으니 당시 대한민국의 1, 2, 3인자가 비슷한 시기에 사라지는 사태가 일어났던 것이다. 이때를 좋은 기회라 생각한 건지 아까 말한 사조직은 곧바로 신군부를 조직하여 갑작스런 대통령의 죽음으로 인해 당시 국무총리에서 대한민국 10대 대통령으로 당선된 대통령과 기존의 군부를 상대로 반란을 일으키는 사건이 벌어졌다. 당시 특전사령관과 수도경비사령관과 친했던 삼촌은 신군부의 군사 반란을 진압하려는 그들과 뜻을 같이 했으나. 기존의 군부 내에도 사조직 세력이 침투해 있던 터라 제대로 된 진압을 실행하지 못한 채 신군부가 일으킨 반란은 쿠데타로써 성공하였다. 그렇게 되면서 최규하 대통령은 재임 8개월 만에 신군부에 의해 축출되었고, 기존 군부 세력 대부분이 강제로 전역당하였고 우리 삼촌 또한 강제 전역당하는 지경에 이르렀다. 이런 상황에서 계속해서 삼촌의 도움을 받는 것은 염치 없는 짓이라 생각한 나는 산속에 살고 있던 할아버지와 함께 살기로 마음먹고 서울의 끝자락에 개발이 크게 되지 않은 산으로 향해 홀로 살고 계신 할아버지와 같이 살게 되었다.

나는 왜 미쳐버렸는가?

그렇게 할아버지와 같이 살게 된 것은 1980년. 내가 20대 초반 때였는데 그때의 광주는 그야말로 엄청난 난장판이었다. 서울에 있는 큰 대학교에 있던 광주 출신 학생들의 말을 들어보는 실로 말도 안 되는 말들이 많았다. "광주에 난리가 났어, 사람들이 많이 죽어 나가고 있대." "심지어 총이 모자라다고 경찰서에 있는 총도 다 군부대로 옮겼고 군인들이 쏜다고 준비 중이라던데." 하지만 이런 말들에 대한 정부 측의 답변은 딱 한 마디로 얘기할 수 있었다. '유언비어'. 도대체 어느 쪽 의견이 진짜인지 몰라 혼란스러웠지만 할아버지는 그러지 않으셨다. 산속에서 쭉 사셨지만 바깥소식에 대해 꽤나 많이 알고 있는 할아버지셨다. "손자야 내 생각은 말이다. 시민들 말이 맞는 거 같다. 이런 내 생각에 정부는 뭐 제대로 알지도 못하는 시민들이 뭘 안답시고 떠드냐고 하겠지. 근데 현재 정부는 말이다. 애초에 쿠데타로 정권을 잡은 놈들 아니야. 대통령도 쫓아낸 놈들이 자기들 해산하라는 사람들을 과연 그대로 내버려두겠어? 이런 썩어빠진 놈들."

"하지만 지금으로써는 할 수 있는 게 생각이 안 나요. 뭘 어떻게 해야 할지 모르겠어요."

"그래 지금은 상황을 잘 모르니 너무 나서려 안 해도 된다." 그렇게 광주는 신군부의 무력 앞에 시민들은 죽어 나갔다. 이런 상황에서 나는 어떻게 해야 할지 몰랐으나 몇 년 뒤 정부가 저지른 짓으로 인해 내 가족이 피해를 입게 되니 그때부터 내 안의 무언가가 움직이기 시작했고 당시 정부에 의구심을 품기 시작했다. 그러던 1980년대 초반. 계속해서 할아버지와 지내고 있던 나는 충격적인 소식을 듣게 되었다. 바로 부산에 있던 친척 집에서 사촌 동생이 실종되었다는 소식이었다. 친척 어른들의 말에 의하면 사촌 동생은 공원에서 놀고 오겠다고 말한 뒤, 돌아오지 않았다는데. 이에 대해 나는 무언가 의심되는 곳이 하나 떠올랐다. 뭐 어디까지나 소문이기는 했으나 1981년 서울 올림픽 유치가 확정되고 정부 측에서 거리에 있는 수많은 부랑자들을 처리하여 거리를 정화하기 위해 민간 복지시설과 결탁하였는데. 민간 복지시설에 보조금을 지원하고, 그 보조금을 토대로 데려온 부랑자들을 담당한다는 식이었는데. 여기서 한 가지 이상한 점이 존재한다. 정부는 보조금을 주는 기준을 복지원에 수용된 부랑자들 수로 책정한다는 것이었다. 그렇게 되면 그냥 아무 사람이나 잡아다가 부랑인이라 속이고 보조금을 받는 약아빠진 새끼들이 있고 그로 인해 평범한 가정에서 누군가 실종되는 거 아니냐는 소문이었다. 그리고 난 이 소문의 진위 확인과 사라진 사촌 동생을 찾기 위해 부산행 기차에 몸을 실었다.

부산에 도착한 나는 우선 친척 집으로 향하여 복지원으로 들어갈 방법을 찾았다. 그러다 한 가지 좋은 방법이 떠올랐다. 바로 군인이었던 삼촌의 군복과 장비들을 가지고. 군 장교로 위장하여. 복지원에 진입하고 원장을 만나는 것이었다. 삼촌과 내 덩치 차이는 내가 조금 더 큰 정도였기에 군복은 문제없었고 강제 전역당하여 더 이상 쓸모가 없어진 삼촌의 군복에 명찰만 내 이름으로 바꾼 뒤. 삼촌 차를 타고 복지원으로 들어갔다.

복지원 입구에서 경비로 보이는 한 젊은 남자가 방문 이유를 물었고 난 태연하게 대답했다. "어 나 각하께서 여기 부산에 있는 복지원 상태 확인하라고 보내셨거든. 여기 원장님 성함이 박인근 맞지? 그분 좀 봬야 하니까 문 좀 열어 줄래?" 내 연기가 출중한 건지 아님 경비가 멍청한 건지 경비는 순순히 문을 열어줬고 나는 곧장 복지원 원장과도 만날 수 있었다. 원장에게 향하는 동안 내가 본 풍경은 대강 이러했다. 누구는 대체 뭘 잘못했는지 경비에게 무참히 짓밟히며 맞고 있었고 여자 원생들과 어린 원생들은 성폭행까지 당하고 있었다. 복지원 직원들은 이런 참혹한 광경을 내가 보지 못하게 나를 재빨리 원장에게 안내했고, 마침내 원장을 만날 수 있었다. "아, 예. 장군님 안녕하십니까! 무슨 일로 오셨는지요?" 너무 반갑게 인사하는 원장은 나를 원장실까지 들였다. "아 다름이 아니라 거리 정화에 지금 원장님께서 열심히 이바지하고 계시잖습니까? 그에 대한 표창을 각하께서 내리신다는데 같이 좀 가시죠?" 내 거짓말을 들은 원장은 좋아라 했고. 그렇게 나는 원장을 조수석에 앉힌 채 경부 고속도로를 타고 서울로 향했다.

가면서 굉장히 많은 얘기를 나눴고. 얘기들 중에서 실종된 내 사촌 동생과 급격히 늘어난 부산의 실종사건들에 대한 실마리가 풀리기 시작했다. 바로 앞서 말한 복지원 측에서 사람들을 납치한다는 소문이 사실이었고 내 사촌 동생 또한 복지원 놈들한테 납치당했다는 것이었다. 하지만 당장 차 안에서는 뭘 할 수가 없었다. 한참을 달려 서울에 도착한 뒤 나는 말했다. "저, 원장님. 내려주시겠습니까? 그래도 나름 대통령 표창을 받으시는 분께서 이런 차에 계속 타 있으면 안 되잖습니까? 다른 차로 모시겠습니다." 계속되는 귀빈 대접에 취한 듯한 원장은 알겠다며 안전벨트를 풀었고, 나는 원장이 내리기 직전 곧바로 주먹으로 원장의 턱과 얼굴을 수차례 가격해 기절시켰다. 그다음 기절한 원장을 차 트렁크에 실으면서 말했다. "여기가 원장님께서 계실 자리죠." 그리고는 할아버지가 있는 산 속으로 차를 몰았다.

할아버지 댁에 도착하자 할아버지는 대중교통을 타고 부산에 갔던 내가 일반 승용차로 돌아오자 의아해하며 말씀하셨다. "손자야, 이 차는 뭐냐? 그리고 너는 왜 군복을 다 입고 있고?" 할아버지의 말씀을 들은 나는 곧장 트렁크를 열어 그 안에 있는 복지원 원장을 가리키며 말했다. "네, 할아버지. 이 새끼가 겁도 없이 우리 가족을 건드린 놈입니다. 할아버지 젊으셨을 때 한번 재현해 봐요. 독립운동하셨었잖아요." "아니, 독립운동이라고 하기는 좀 그렇다. 난 그냥 독립운동가들이랑 활동을 같이 했다 뿐이지,

목적이 달랐으니 진짜 나라를 위해 목숨 바친 독립운동가들이랑은 사뭇 다르지. 아무튼 빨리 이 새끼 좀 의자에 묶어야겠다." 그렇게 원장은 나무 의자에 결박되었고 이는 맨 처음에 설명되었던 상황이었다. 그럼 그 장면의 다음은 어떻게 되었는가? 원장을 의자에 포박하고 입에 재갈을 물린 뒤 나는 집 안에 있는 쇠파이프와 m7 대검으로 총에 부착하는 형식의 총검을, 할아버지는 카세트 플레이어를 나오셨다. 그리고는 카세트 플레이어에 테이프 하나를 넣고 진행 버튼을 누르시면서 말씀하셨다. "오랜만에 우리 손자 재롱떠는 거 한번 보겠네. 잘 해 봐." 할아버지의 말씀이 끝나자 카세트에선 한 동요가 흘러나왔고 나는 그 동요에 맞춰 포박된 원장 앞에서 총검을 손에 쥔 채 춤을 추기 시작했다. '즐겁게 춤을 추다가~ 그대로 멈춰라! 눈도 감지 말고 웃지도 말고 울지도 말고 움직이지 마! 즐겁게 춤을 추다가~ 그대로 멈춰라!' 1절이 끝나는 순간 나는 그대로 멈추며 쥐고 있던 대검을 포박당한 원장의 오른손에 꽂아줬다. 간주 동안은 계속 춤을 추다 2절이 시작되고는 오른손에 꽂힌 검을 다시 빼내고 춤을 추다, 멈춰야 할 때 반대 손에도 검을 꽂아줬다. 그리고 노래가 끝나는 순간에는 바닥에 내려놓았던 쇠파이프를 들어 원장의 머리를 내리쳤다.

마지막 일격에 원장은 기절했고. 다시 복지원으로 돌아가야 했기에 나는 병 주고 약 주는 방식으로 고문당한 원장의 몸을 치료하고 몸에 붕대를 감았고, 나 또한 위장으로 얼굴에 밴드를 붙이고 붕대를 감았다. 부산에서 출발할 때처럼 원장을 조수석에 앉힌 뒤 부산으로 돌아갔다. 하지만 상황은 전과 달랐기에 기절한 원장이 조수석에서 자빠지지 않도록 몸에 청테이프를 감아서 쓰러지지 않게 했고 목을 자동차 시트의 머리 받침 연결 부분과 밀착시킨 뒤 테이프를 감은 채 이동했다. 다시 경부 고속도로를 타고 부산으로 가는 동안 원장이 깨어나며 뭔가 말하려는 듯했으나 목이 머리 받침대와 붙어 있는 바람에 뭐라 하는지 알아들을 수가 없었다. 그래서 나는 목에 붙인 테이프를 떼기 전 뒤에 아무 차가 없는 것을 확인하고 갑자기 차를 멈춰 원장이 한 번 더 고통스럽게 한 뒤 목에 붙은 청테이프를 한 번에 쫙 뜯은 뒤 말했다. "왜? 뭐 말하고 싶은 거 있어?" "당신 뭐 하는 사람이야. 이거 범죄인 거 알지?" 원장의 말에 나는 코웃음을 치며 말했다. "아 그래? 그렇지. 그럼 네가 한 사람들 납치해서 강제 노역시키고, 두들겨 패고 납치한 여성 수용자 성폭행하는 건 부랑자들을 위한 짓이지?" 원장은 계속해서 자신의 잘못을 모르는 듯한 말을 해댔다. "야, 나는 되게 선한 사람이야. 각하께서 거리에 부랑자들 거두라 하셔서 나는 부랑자들 데려다 먹여주고 재워준 것밖에 없어. 나는 선량한 사회복지사일 뿐이야." 나는 기가 찼던 게 점점 분노로 바뀌는 듯했다. "그럼 각하란 새끼는 엄청 멍청하거나 나쁜 놈이네. 무슨 사회복지사로 위장한 사기꾼 새끼가 돈 벌려고 사람들 납치하는 데 멍청하게 그걸 모르거나 눈감아 준 걸 보니. 아무튼 너 복지원 도착해서 내가 했던 일 불면 어떻게 되는지 알지? 물론 나도 경찰에 체포되겠지만 너도 죽는 거야." 원장은 전에 겪었던 그 끔찍한 고문으로 인해 쉽게 내 말에 동조했고. 복지원에 도착했을 때 경비들이 원장의 상태에 대해 나한테 묻자. 난 교통사고가 나서 이렇게 되었다 말했다. 그렇게 나와 원장은 원장실로 다시 들어갔고. 원장은 정부로부터 받은 39억 원 가량의 보조금 중 몰래 빼돌린 11억을 본인이 잡아 왔던 사람들을 다시 보내주는 과정에서 모든 이들에게 일부 쥐여주고 보냈다. 그렇게 해서 사건이 정리된 듯한 시점에서 나는 박 원장에게 뺨을 약 올리듯 때리고 마지막 한 마디를 남긴 뒤 부산을 떠났다.

"도대체 넌 뭐냐? 여기서 이 지랄 하니까 네가 무슨 왕이라도 된 것 같지? 근데 그 뭐가 좋다고 왕 놀이나 하고 있냐. 너 한 번만 더 사람들 납치하거나 그러면 그땐 널 죽이진 않고 평생 못 걷고 말도 못 하게 손봐준다~ 알겠지? 이런 거지보다도 못한 새끼."

그렇게 해서 납치되었던 사람들과 부랑인들은 박 원장이 횡령하려 했던 돈들을 받고 집으로 돌아가거나 부랑인이었던 사람들은 더 이상 부랑인으로 살지 않게끔 되었다. 아, 실종된 내 사촌 동생은 어떻게 되었느냐? 내 사촌 동생도 실종이 아닌 복지원으로 납치된 아이들 중 하나였고 일을 다 마무리 지은 뒤 친척 집으로 가보니 사촌 동생 또한 돌아와 있었다. 그렇게 건드려서는 안 될 놈의 사촌 동생을 건드린 복지원에 쓴맛을 보여준 뒤 나는 다시 서울에 있는 할아버지 댁으로 돌아갔고 한동안은 조용히 살았다. 조용히 산속에서 살면서, 할아버지께서는 본인 밭에 심어 놓은 농작물을 쓸어간 멧돼지 놈들에게 잔뜩 열이 받으셨는지 한동안 우리 식탁에 멧돼지 고기가 꽤 자주 올라왔던 것 같다. 그러는 동안 1983년. 대통령 일행이 버마 사회주의 연방 공화국에 방문했다가 그곳에서 북한 측에서 폭탄 테러를 일으키는 사건이 있었다. 하지만 뒈졌으면 좋았을 사람은 무사했고. 애꿎은 경제 수상들만 테러로 인해 죽어 나갔다. 이 소식을 들은 나는 꽤 깊은 생각에 잠겼었다. "흐음… 생각을 해 보니. 부산에 있던 복지원 만행도 분명 짭새들이랑 정부가 눈감아줘서 가능했을텐데. 안 그래도 나라 혼란 틈타서 반란으로 정권 잡은 새끼가 다른 나라에 있을 땐 암살 시도까지 있었는데 거기서 살아 돌아왔다? 그럼 이 새낀 욕을 하도 많이 처먹기도 해서 빨리 뒤지진 않을 거 같은데. 그럼 내가 그놈 수명을 단축시켜봐야겠다. 언제까지? 내가 개 숨통 끊을 때까지." 그렇게 난 사촌 동생 납치와 광주에서 일어난 무자비한 학살극의 원흉을 제거하고자 목표를 정했다. 목표를 정하고 계획을 정하고 가장 효과적인 제거 방법은 먼 거리에서 암살하는 것이었다. 근데 상당히 먼 거리에서 제거해야 내가 안전할 텐데 집에 총이라고는 할아버지께서 사냥할 때 쓰는 엽총인 윈체스터 모델 70 피더웨이트라는 엽총으로 가장 많이 쓰이는 저격 소총 외에는 뭐가 없었다. 하지만 제아무리 그래도 총인데 없는 것보다는 나았으니 그거라도 있는 게 다행이었다. 우선 할아버지께 내 계획을 말씀드리고 할아버지로부터 소총 사용법을 배웠다. 그러면서 사냥도 할아버지 대신 겸하면서 사격 실력은 점점 늘어나고 대검을 가지고 나만의 근접 호신술을 연마하는 등 점차 나 자신을 암살에 특화된 기계로 만드는 듯한 훈련의 연속이었다. 계속되는 훈련 사이에 한가지 걱정이 있었는데 암살 목표가 언제쯤 내가 저격할 수 있을 만큼의 사정거리에 들어올지를 모르니 '그 정보를 어디서 얻어야 하나.' 하는 마음을 가지고 훈련을 계속했다. 그러다 내가 굳이 암살할 필요도 없이 목표가 스스로 자기 무덤 파는 짓을 저지르게 되었다.

불타기 시작한 민주화

1987년 한국에는 거대한 민주화의 바람이 불었다. 이전에도 민주화를 위한 시위는 있었으나 엄청난 규모로 이루어지지는 않았다. 하지만 1987년에 민주화 시위를 주도하거나 그들에 대한 정보를 캐내기 위해 지어진 남영동 대공분실 5층에서 아무것도 모르는 한 서울대 학생을 잡아 고문하던 남영동 형사들이 결국 그 학생을 죽이는 사고를 치고 만 것이었다. 죽은 학생에 대한 권력자들의 태도는 굳이 말할 필요가 없을 정도로 무심했다. 군사 정권의 수뇌부 놈들 눈에는 그저 보따리 하나 터진 것뿐이니까. 언론까지 통제되는 바람에 사람들은 정확한 정보를 알기가 하늘의 별

따기였으나 진실을 알리기 위한 검안의의 증언을 바탕으로 사건을 전국에 알리게 되며 이전과는 완전히 다른 어마어마한 민주화의 바람이 불었다. 어느덧 산의 괴물이 되어있던 나 또한 이 민주화를 원하는 그들을 나만의 방법으로 돕고 싶었다. 또 군사 정권의 수장을 끝내고 싶었다. 목표물과 최대한 접촉하기 위해 택한 방법으로는 내가 직접 남영동 대공분실에 들어가는 것이었다. 진입 방식은 전에 부산에 있는 복지원에 들어갈 때와 비슷하게 위조한 군 장교 신분증을 가지고 대공분실에 참관 온 군인으로 위장하여 '부국 해양 연구소'라 쓰여있는 대공분실 건물로 들어갔고. 그곳에서 고문 귀신으로 불리던 한 남자를 납치해 오겠다 할아버지께 말했다. 납치 과정은 민주화 인사들을 가장 잔인하게 고문하던 고문 귀신으로 불리던 고문 집행인을 만나 그와 함께 조사실에 들어가 잡혀 온 한 남자를 심문하기 시작했다. 심문 시작에 앞서 난 고문 기술자에게 말했다. "이봐, 우리가 지금 있는 조사실 감시 카메라 꺼줄 수 있겠는가? 워낙 고문 방법이 잔인해서 말이야." 고문 기술자는 나를 군 장교로 알고 있었기에. 순순히 내 말을 따라 감시 카메라를 껐고 내가 있는 조사실의 상황을 알 수 없게 되자. 난 조사실의 문을 닫고, 전기 고문에 쓰이는 집게를 그대로 고문 기술자의 심장 부분에 갖다 대어 기절시켰다. 그리고는 조사실에 잡혀있던 사람의 옷을 고문 기술자가 입고 있는 옷과 바꿔 입혔고 거기서 내 사복과 한 번 더 바꿔서 내가 납치해가는 사람이 누군지 모르게끔 만들었다. 옷을 바꾼 뒤 조사실에 있던 포대 자루를 기절한 고문 귀신의 머리에 씌운 뒤 곧장 대공분실을 떠났다. 떠나면서 마주치는 대공분실 직원들에게는 '도저히 입을 안 여는 놈이라 다른 시설에서 얘기를 해봐야겠다.'라며 넘겼다. 그렇게 또 한 번 차 트렁크에 고문 귀신을 넣은 뒤 저번과 같이 할아버지 집으로 향했다.

집에 도착하자 집 마루에서 부채질을 하고 있던 할아버지께서는 날 보며 말씀하셨다. "손자야, 이번엔 누구냐? 연장 가져올까?" "네. 연장들 가져다 주세요. 고문 기술자라는데. 할아버지랑 저랑 같이 진짜 고문이 뭔지 보여주죠." 그렇게 전과 같이 고문 귀신은 나무 의자에 결박되었고, 할아버지께서는 큰 상자 하나를 끌고 오셨고, 발전기를 작동시키셨다. 상자 속엔 고문 연장들이 들어있었고, 할아버지께서 말씀하셨다. "이 새끼 정신 차리면 맘에 드는 연장으로 골라서 작업 시작해라. 고문 목적은 뭐냐?" "정보 획득 겸. 죄 없는 사람들 잡아다 고문한 값 치르는 게 목적입니다." 말이 끝남과 동시에 고문 귀신이 정신을 차린 듯했다. 나는 정신 차린 고문 귀신에게 물었다. "이봐, 고문 귀신. 정신이 좀 들었나. 재갈 채워져서 말이 안 나오지? 지금부터 내가 너를 고문하도록 할게. 더 이상의 고문을 원치 않으면 내가 원하는 정보를 말해주면 돼. 네가 처 모시는 각하는 언제 정권에서 내려오겠대? 할아버지! 뭐부터 시작할까요?" 할아버지께서는 현명한 대답을 말씀해주셨다. "일단 외상이 없는 것부터 시작해야지. 정보 캔다며?" "네, 알겠습니다. 만약 정보를 말하고 싶으면 발가락을 두 번 오므렸다 피면 돼." 말을 끝낸 나는 고문 귀신이 결박되어 있는 의자를 넘어뜨려 눕힌 뒤 고문 귀신 얼굴에 천 한 조각을 댄 뒤 주전자 속에 넣은 물을 얼굴에 붓기 시작했다. 첫 시작은 약하게 시작해서 그런지 고문 귀신의 발가락은 미동도 하지 않았다. "이 친구 입 열 생각을 안 하네. 괜찮아. 고문은 아직 3개 정도 남았어. 물고문을 끝낸 뒤 나는 고무장갑을 낀 뒤 곧장 발전기와 연결된 집게를 든 채 눕혀져 있던 의자를 다시 일으킨 뒤 고문 귀신의 옷을 찢었다. 그런 다음 집게를 서로 교차시켜 스파크가 일어나게 한 뒤 말할 수 있는 마지막 기회를 주었다. 하지만 고문 귀신은 끝까지 입을 열려 하지 않았다. 그래서 나는 교차시키기만 하던 집게를 고문 귀신의 양 젖꼭지에 갖다 대 그대로 전류를 흘려보냈다. 그럼에도 고문 귀신의 입은 열릴 기세조차 보이지 않았다. 난 바로 3단계로 들어갔다. 상자 속에 들어있던 긴 쇠파이프를 꺼낸 뒤 큰 동작을 할 때 내던 소리 한번 내준 뒤 곧바로 쇠파이프로 고문 귀신의 고환을 강타했다. "어기여차!" 하지만 계속해서 고문 귀신은 입을 열지 않았다. 입을 끝까지 열지 않고자 한 건지, 말을 못 하는 상태인지 모를 정도로 초췌해진 고문 귀신을 보니. 이런 생각이 들었다. '이제 더 이상 필요 없어 보이는데 뭐 어쩔 수 없네. 산짐승 밥으로 줘야겠다.' 그렇게 난 마지막 단계로 상자 속 할아버지의 쿠크리 마체테를 꺼내 고문 귀신의 멱을 땄다. 그렇게 죽은 고문 귀신의 몸은 토막 낸 뒤 산속 깊은 곳에 두어 산짐승들이 먹도록 만들었다. 뒤처리를 하고 집으로 돌아오는 나에게 할아버지께서 말씀하셨다. "근데 아무런 정보도 못 얻어서 어쩐다냐? 네 목표 잡기는 어려울 거 같은데?" 하지만 난 이미 목표 암살 시기 정도는 정해놓은 때가 있었다. 단지 조금 더 세세한 정보를 위해서 잡아온 놈이었건만 잘못된 국가에 끝까지 충성을 다한 결과를 맞이했다.

목표 암살을 위한 마지막 준비

 고문 귀신을 고문하는 동안 민주화를 위한 시위는 전국으로 확산되었다. 그러면서 나 또한 목표 암살 실행에 박차를 가하던 중 한 가지가 걸렸다. 바로 암살에 쓰일 총기였다. 할아버지께서 쓰시는 엽총은 상당히 오래되었고 망원 조준경 또한 상당히 낡아서 숙련된 할아버지가 아닌 이상 제대로 쓸 수 없었고 총의 발사음은 처음 들었을 때는 고막이 찢어지는 것 같았다. 그러다 문득 과거 삼촌이 군인이었을 때 총기의 발사음을 줄여주는 장비. '소음기'에 대해 들어본 게 생각났다. 그리고 난 곧장 새로운 엽총을 사기 위해 나섰다. 우선 총포소지허가증과 수렵면허를 소유하고 계신 할아버지와 함께 차에 탄 뒤 총기를 구매하기 위해 사격장으로 향했다. 그곳에서 새로운 22구경짜리 소총을 구매한 뒤 당시로써는 최신형인 망원 조준경을 하나 구매해 소총에 부착한 뒤, 다음으로는 소음기를 직접 만들어보기 위해 할아버지 친구 분께서 운영하시는 폐차장으로 향했다. 아 맞다! 총기 구매는 누구 돈으로 샀는가? 토막내기 전 뒤져 본 고문 귀신의 소지품 중 지갑을 찾았었다. 안에 현금이 꽤나 많았기에 그 돈으로 구매했다. 다시 소음기 얘기로 돌아가서. 할아버지 친구께서 운영하시는 폐차장에 도착한 나는 주인 분께 폐차된 차 중 어디 쓸 데가 전혀 없어 보이는 폐 차량 하나를 받아 차를 분해하기 시작했다. 과거 삼촌에게 받았던 소음기 내부 모양이 나와 있는 그림과 함께 대조하면서 소음기를 제작하기 시작했다. 그림 속 여러 겹의 격벽으로 이루어진 소음기의 모습을 본 나는 차량의 미션 기어로 격벽을 만든 뒤 만들어진 격벽은 일자형의 긴 쇠파이프에 넣은 뒤 총구에 끼운 뒤 발사해보았다. 일단 결과만 말하자면 총소리가 주변에서 거의 못 들을 정도로 줄어들지는 않았지만 확실히 소음기 없이 그냥 발사했을 때보다는 훨씬 소리가 작았다. 이렇게 해서 소음기까지 만든 지금. 내 모든 준비는 끝났다. 1987년. 민주화를 이루고자 하는 열기는 식지 않았다. 그리고 1987년 12월 16일 13대 대통령 선거가 실행되었고. 군사 정권은 물러가는 듯했으나 13대 대통령 당선인은 전 대통령과 같이 군 내의 사조직 출신이었다는 것이었다. 하지만 선거 방식은 부정 선거나 쿠데타가 아닌 민주적인, 합법적인 절차를 통해 당선되었기에 이에 대해선 나 또한 뭐라 할 말이 없었다. 하지만 내 목표는 새로 당선된 대통령이 아닌 전 대통령인 대한민국 11~12대 대통령이었으니까. 그렇게 새로워 보이지만 전과 크게 다를 바 없어 보이는 정부가 출범하고 전 대통령은 1988년 2월 24일에 대통령 퇴임 이후 자기를 노리는 놈이 있는지도 모른 채 호화롭게 살고 있었고 무슨 목적인지는 모르겠으나 집 밖으로 나오는 그를 저격했다. 저격하기 전 몇 시간 전에 그의 집과는 한참 떨어진 건물까지 할아버지께서 트럭으로 데려다 주셨고. 난 직접 제작한 소음기를 장착한 저격 소총을 가방 속에 넣은 채 건물 옥상으로 올라갔다. 옥상에서 조용히 가방에서 총을 꺼내 목표물의 집 쪽으로 총구를 향한 뒤 조준경을 통해 목표가 나오기만을 기다렸다. 몇 시간이나 지났을까. 드디어 목표가 집 밖으로 나왔다. 시간을 확인해 보니 저녁 식사 때문에 나온 듯 데 차에 타기 전 재빠르게 그를 저격했다. "그동안 사람 참 많이 죽였지? 이제 반짝거리는 네 대가리에 작별 인사해라." 혼잣말 뒤 발사된 총알은 그대로 목표물의 머리를 꿰뚫었고 목표의 이마로 추정되는 부분엔 구멍이 생겼다. 그 일대는 그야말로 혼란에 휩싸였고 난 재빨리 총을 다시 가방에 넣은 뒤 건물을 내려가 할아버지께서 계신 트럭에 탄 뒤 유유히 그곳을 빠져나왔고, 5년 정도 공들여 쌓은 탑이 완공되는 순간이었다.

나의 중·노년기는
어땠는가?

목표를 달성하고 난 뒤 한동안은 할아버지의 산속 집에서 쥐 죽은 듯이 조용히 살았어야 했다. 목표가 사람을 죽이는 암살이었는데 그 목표가 평범한 사람도 아닌 전직 대통령이었으니 경찰들이 그 암살자를 잡겠다고 혈안이 되어있을 텐데, 거기다 당시 새로이 맞이한 대통령도 군부 출신이었으니 더욱이 조용히 살아야 했고 그 삶은 1993년 문민정부가 출범하기 이전까지 계속되었다. 산속에서 생활할 때는 무언가 단순 잡일 외에 경제 활동도 해야 했으나 숨어 사는 처지에 도저히 무슨 일을 해야 할지 몰랐었다. 그렇게 하여 결국은 원래 할아버지께서 수입원으로 삼으셨던 사냥과 사냥감의 가죽과 고기 분리 작업을 도와드리며 생계를 계속 유지하였고 나중에 도시로 갔을 때를 대비한 공부와 신문 탐독 또한 계속 겸했다. 나중에 1993년 군부 정권이 물러나고 군인 출신이 아닌 사람이 대통령이 당선되며 나 또한 그동안의 공부한 성과를 발휘할 수 있었다. 전 대통령 암살 사건에 대한 수사 또한 도저히 진전이 없자 점점 조용해지는 듯했다. 그렇게 나는 꼭 성공하리라는 다짐과 함께 10년이 넘도록 지낸 산속 집과 할아버지와 작별하였다. 5년간 공부한 성과는 다행히도 날 배신하지 않았고 나라가 돌아가는 추세 또한 파악한 나는 합법적인 테두리 내에서 큰 수익을 내는 일에 뛰어들 수 있었고 가정도 꾸렸다. 1997년에 일어난 IMF 외환위기 때에도 남들과 비교했을 때 그렇게까지 큰 피해 없이 잘 지내나 싶었다. 하지만 내 가장 큰 위기는 중·노년기에 찾아왔다. 시간이 계속 흘러 한 세기가 바뀌며 21세기에 접어든 2003년. 내 삶의 가장 중요한 정신적 지주였던 할아버지께서 향년 83세를 일기로 돌아가셨다. 이미 내 나이 또한 40대에 접어들었고 연로하셨던 할아버지의 임종은 예상은 했으나, 막상 그 순간이 찾아오니 굉장히 큰 슬픔에 직면할 수밖에 없었다. 그렇게 할아버지의 임종을 지킨 이후 또 한 번의 슬픔과 분노가 찾아오게 된다. 바로 당시 고등학생이었던 아들놈이었다. 바로 자기 여자친구와 관계를 맺으면서 여자친구를 임신시켰고 태어난 아이는 내가 알게 되면 노발대발할 게 두려워 베이비 박스에 넣었다는 정말 지금 생각해도 뒷목잡을 일을 벌였다. 내가 그 사실을 알게 되었을 때 아들놈과 당장 절연하고 싶었지만 아직 학생이었던 아들이 성인이 될 때까지 참았다가 아들이 성인이 되는 순간 절연했다. 그렇게 내가 꾸린 가정에서 지금 이 순간까지도 내 옆에 남아준 사람은 아내 뿐이었다. 그렇게 겉면은 안정적인 삶을 사는 노인이지만 속은 그야말로 새까맣게 탄 노인이 되어버린 나는 가끔씩 어딘가에 반드시 있을 손자에게 전하지도 못할 편지를 계속 쓰곤 했다.

어딘가 살아있을 손주에게.

손주야 나는 네가 남자인지, 여자인지, 죽었는지, 살았는지, 아무것도 모르는 바보 할아버지다. 만약 살아만 있다면 그냥 누구한테 맞거나, 굶고 지내지만 않았으면 좋겠다. 손주야 절대로 약해지지 않았으면 좋겠다. 그 누구도 너를 함부로 대하지 않게끔 살아야 한다. 그리고 폭력은 가능한 너에게 피해를 주고 너를 업신여기는 사람한테만 행했으면 좋겠다. 손주야 나 네가 어떻게 생겼는지, 어떤 삶을 살고 있는지 모르지만 너무 보고 싶다.

　　　　　　　　- 항상 너를 떠올리는 바보 할아버지가

대한민국의 한 교도소, 교도소장의 여러 지침과 함께 한 여자가 내용 모를 여러 서류가 담긴 큰 가방을 맨 채 교도소 면담실로 향했다. "자, 잘 들어. 우선 그 애를 만나면 절대로 대화의 주도권을 뺏기지 마. 그게 사이코패스들의 가장 큰 특성이야. 상대방을 통제하려는 욕구가 강한 거 말이야. 그리고 지금 만난다는 애가 어떤 짓으로 여기 들어왔는지는 알고 있지? 감시랑 구속 해제는 절대 안 돼. 지금 만나려는 놈이 누군지는 알지?" 교도소장의 말에 여자는 대꾸하면서 둘의 관계를 알 수 있었다. "알아 흉악범들 상대로 살인, 방화, 희생자들 상대로 식인까지 한 사람이라고 벌써 귀에 피나도록 들었어. 근데 그 사람 교도소에서는 어때? 사고 친 거 많아?" "어 동료 수감자들 상대로는 너무 많아서 지금 독거실에 들어갔어. 다행히 교도관들 상대로는 폭행이나 인질극이 없어서 다행이지. 근데 진짜 개랑 얘기해서 너한테 얼마

나 도움이 될지는 모르겠다. 괜히 쓸데없는 짓 하다 너만 위험해지는 거 아냐?" "괜찮아, 삼촌. 다 내가 자초한 일이니까 뭔 일 있어도 내가 책임져야지. 그건 걱정하지 마." 그렇게 몇 가지 주의사항과 얘기를 나눈 둘은 교도소 면담실에 도착했다.

같은 시각. 교도소 내 문제아들이 수감되는 독거실에 한 교도관이 찾아와 말했다. "안녕, 도살자 친구. 특별 면담이야. 그동안 잘 지냈어?" 독거실 안에는 짧은 스포츠 머리에 깔끔하게 면도한 얼굴과, 안경을 쓴 채 책을 읽고 있는 한 남자가 수감되어 있었다. "아, 네. 저야 뭐 잘 지냈죠. 교도관님은 어떠신지?" "지금 우리끼리 대화할 시간은 없는 거 같다. 빨리 나와. 면담 잡혔다니까." 교도관의 명령에 독거실 밖으로 나온 남자는 면담실로 가기 전 구속복을 착용하고 흰 마스크를 끼는 등 과하다 싶을 만큼의 행동에 제한을 뒀고. 면담실까지 걷는 동안. 남자는 인솔하는 교도관에게 질문을 했다. "근데 누가 오신 거죠? 저 보러 올 사람은 아예 없는 걸로 아는데." "나도 몰라. 그냥 소장님 명령에 따르는 거지 뭐. 그건 둘째치고 들어가서 어떻게 해야 할지 잘 알고 있지? 면담 대상을 향한." 말이 끝나기도 전 남자는 교도관의 말을 끊으며 말했다. "면담 대상을 향한 폭언이나 폭력은 절대 금지.

네, 너무 잘 알죠. 저도 당연히 숙지하고 있고 실행에 옮기고자 노력 중이고." 그렇게 온몸이 구속된 남자 또한 인솔자인 교도관과 함께 면담실로 들어갔다. 이게 그 남녀의 첫 만남이었다.

모두 모인 면담실에서 처음 말을 뗀 건 교도소장의 도움으로 들어온 여자였다. "저, 죄송한데 재소자님 마스크랑 구속복 좀 어떻게 할 수는 없을까요?" 여자의 부탁에 남자의 담당 교도관은 당연히 안 된다고 했지만 여자의 주장 또한 굉장히 강건했다. "아, 죄송하지만 안 됩니다. 규칙이라서요." "네, 저도 알아요. 대신 이 면담도 제가 짠 거고 여기 들어오기 전에 서류 작성도 다 했거든요. 발생하는 모든 일에 대해서 교도소가 책임지지 않는다구요." 여자의 강한 주장에 교도관은 어쩔 수 없이 남자의 구속을 해제했다. "네, 알겠습니다. 그럼 소장님 특별 면담이니까 뭐 큰 문제는 없겠죠." 그렇게 모든 구속이 해제된 남자는 마스크를 벗으며 말했다. "네, 안녕하세요. 만나서 반갑습니다. 저랑 만나겠다는 사람은 거의 없는데 신기하네요. 일단 좀 앉을까요?" "네, 좀 더 깊은 얘긴 앉아서 하죠." 그렇게 한 사각 테이블을 중심으로 마주 앉은 둘은 서서히 이야기를 나누기 시작했다. "제가 만나고 싶다 한 건 단순히 선생님 개인에 대한 이야기가 좀 듣고 싶어서요.

애기해 주실 수 있나요?" 여자의 질문에 남자는 조용히 다른 얘기를 하기 시작했다. "근데 이런 자리는 어떻게 만드신 건가요? 보통 재소자 접견도 이렇게 안 이뤄지는데. 큰 투명 칸막이를 두고 이뤄지죠, 혹시 소장님과는 어떤 관계이신지 한 번 여쭤봐도 될까요?" 사실 이 질문에 답하는 게 대화 주도권을 넘기는 거나 나름없었지만, 여자는 얘기해주지 않으면 이후 본인한테 득이 될 만한 이야기를 못 들을 거 같아 대답해주고 말았다. "네, 저희 삼촌이에요. 그럼 그쪽도 얘기해 주서야죠? 저도 그쪽 질문에 답을 해 줬으니까." 여자의 말을 들은 남자는 조용히 생각에 잠기기 시작했다. "아. 죄송한데 질문을 하시고 난 다음에 조금만 기다려 주시겠어요? 제 과거를 다 회상하는 데 시간이 좀 필요해서요." 그렇게 몇 분 정도가 지나고 남자는 여자가 물어본 질문에 하나둘 답하기 시작했다. 과거 대한민국의 한 거대 폭력 조직의 최측근으로 활동했던 사람이자, 지금은 '흉악범 도살자'라는 섬뜩한 별명으로 불리는 한 남자의 이야기를.

어두운 과거가
절대 면죄부가 되지 못하지만,
그냥 들어만 줘

　내가 태어난 곳? 확실히 병원이나 집은 아니었다. 그리고 누가 날 낳았는지, 부모님이 누구인지도 모른다. 핏덩이 수준의 내가 발견되어 거둬진 곳은 베이비 박스였으니까. 발견된 곳이 그렇다 보니 난 곧장 보육원으로 넘겨져서 유년 시절 대부분을 거기서 보냈다. 뭐 대부분의 흉악범이 으레 그렇듯이 나 또한 유년 시절이 밝지 못했다. 하기사 두둑한 주머니에 화목한 부모님 밑에서 나 같은 놈이 나오기는 정말 어려울 거다. 그렇다고 해서 내 어두운 과거가 그동안 해왔던 일들이 면죄부가 될 수는 없지만, 정말 오랜만에 내 과거에 대해 말하게 되었다. 오늘 처음 본 아가씨께서 내 삶에 대해 궁금해 하니까. 과거는 어두웠지만 사실 나도 초등학교 입학 전까지는 보육원에 있었다 뿐이지 비슷한 또래의 나이대의 아이들과 비교했을 때 특별한 차이점 없이 지냈다. 초등학교에 입학한 이후에도 특별히 문제시되는 행동을 한 건 아니었지만. 동급생 아이들로부터는 눈 밖에 나기 시작했다. 뭐 여러 가지 이유가 있겠지만 아마 그 당시 내가 가지고 있던 관심사가 달라도 너무 달랐던 게 가장 컸던 것 같다. 초등학교 입학 전 보육원에서 계속 시간을 보낼 때는 사실상 할 게 책 읽던 거 말고는 할 일이 거의 없었다. 그렇게 내가 읽겠다면서 든 책들은 미취학 아동이 골랐다고 하기엔 꽤나 어려운 내용의 책들이 많았다. 일단 동화책 같은 건 쳐다보지도 않았고 역사와 관련된 책은 자주 읽었으나 어린아이들 대상으로 쓴 책들에는 금방 싫증을 느끼며 좀 더 자세한 정보가 수록된 책들을 읽었으면 하는 바람이었다. 다행히 선생님들께서는 그런 나를 보고 어린아이들 대상이 아닌 남녀노소 모두를 대상으로 집필된 역사 서적들을 나한테 가져다 주는 등 여러 호의를 베풀어주셨고, 덕분에 나는 더 많은 걸 알게 되었다. 하지만 여기서 한 가지 부작용이 생기게 됐는데, 용돈을 받으면 대부분 책 사는 데 썼던 내가 한 가지 책을 서점에서 사 왔다. 책 제목은 잘 기억이 안 난다. 총기류에 대한 백과사전이었던 건 기억난다. 왜 그런 거에 관심이 생겼나 하니 역사를 공부하니 역사 속에서 일어난 수없이 많은 폭력 사건과 그에 대한 처분과 대가 등을 생각하면서 폭력에 쓰인 도구와 그 도구의 위력에 대해서도 궁금해진 거 같았다. 자칫 서점 주인 아저씨가 왜 이런 책 사냐며 귀찮은 상황이 펼쳐질 뻔했지만, 마침 내가 서점에 갔을 때 서점 주인은 화장실을 갔는지 자리를 비웠고, 난 얻고 싶은 정보가 담긴 책을 검색하여 찾은 뒤 책 뒷부분에 기재된 가격을 카운터에 둔 뒤 그대로 서점을 나왔다. 이게 책을 산 당장에는 부작용이나 문제가 되지는 않았다. 한참 뒤에나 생겼을 뿐이지. 총기와 관련된 책 이외에 내가 관심을 가진 책이 하나 더 있었는데 바로 요리와 관련된 서적들이었다. 요리 관련 서적을 읽은 이유는 특별히 요리에 관심이 있었다기보단 그저 배가 고파서 자주 봤던 것 같다.

그렇게 특이한 아이라는 소리를 듣던 내가 중학교에 들어가서도 딱히 달라진 건 많이 없었다. 달라진 점이라 하면 사복이었던 초등학교와는 달리 교복을 입는다는 것, 하지만 이건 나만의 달라진 점이 아닌 초등학교에서 중학교로 입학하는 모든 이들에게도 해당되는 것이었다. 나만의 달라진 점이라고는 학교 내에서 문제 될 만한 행동을 여러 번 행하여 학교 내에서 문제아로 찍히기 시작했다. 하지만 이에 대해선 나도 할 말이 있는 게 그 문제 될 만한 행동이라는 건 단순한 폭력 사태였고, 내가 아무런 이유

없이 폭력을 휘두른 게 아니었다. 그저 나에게 보육원에서 나고 자라는 것을 꼬투리 잡아 놀린 것들을 패거나 물어뜯었을 뿐. 그러다 보니 온전히 나에게 모든 잘못을 묻지 않았고 단순히 말보다는 주먹이 먼저 나가는 위험한 학생이라는 인식이 심어지는 것에서 끝났다. 이렇게 중학교 시절 때는 단순히 여러 번의 다툼만 있었을 뿐 학교 전체가 떠들썩해질 만큼의 문제를 일으키지는 않았다. 그리고 그 문제에서 나한테 날아오는 짜증 나는 질문들. '왜 그랬냐.' '너 그런 애 아니지 않느냐.' 이딴 소리에 일일이 대답했음에도 계속 날아오는 똑같은 질문에 받은 스트레스는 남이 아닌 나 스스로에게 풀었다. 담배를 피우거나, 술을 빠는 게 아니라 그냥 내 팔을 칼로 그으면서 스트레스를 풀고 마음의 안정을 찾았다. 그런 식으로 3년의 중학생 시절도 나름대로 잘 보내고, 고등학교에 입학했을 때. 내 인생을 바꾼 일들이 여러 차례 있었다.

괴물이 될 거란 조짐

곧 말할 큰 사건들이 터졌을 때 나는 고등학교 3학년, 곧 있으면 학교는 물론이고 보육원에서도 나와야 할 때였다. 그때의 전체적인 학교 분위기는 나쁘지 않았으나 일부 분위기를 흐리는, 소위 말해 학교 일진이라 하는 것들이 학교 분위기를 흐렸는데, 가장 주축이 되는 연놈들 대부분이 다 나랑 같은 반이었다. 그것들은 참 반 전체를 돌아다니면서 모든 학생들을 한 번씩 건드려 보기 시작했는데 아마도 자기들 괴롭힘 대상을 물색하는 것이었다. 그러다 내 차례가 찾아왔었다. 참 단순한 게 그런 것들 특징이 절대 혼자서는 남에게 접촉하는 경우가 거의 없다. 왜? 혼자서 덤볐다가 역으로 털려서 가오 떨어질 거 같으니까 여럿이서 모인 채로 접촉한다. 내 차례 때는 학교 3교시 이후 쉬는 시간이었다. 나는 내 자리에서 그림을 그리고 있었는데. 일진 무리에 속해있던 남자 둘이 나한테 다가와서는 시비를 털기 시작했다. 꼬투리 잡을 게 없어서 내가 그리던 그림을 가지고 시비를 털었다. "야 이거 누구냐? 병신 같은 게 너 같은 데 맞지?" 뭔가 지들 딴에는 굉장히 상처 줬을 거란 생각을 했을 텐데 그것들 의도를 알고 있던 나한테는 아무런 타격이 없었다. "어, 글쎄다. 아직 누구를 특정하고 그린 건 아닌데 제목은 다 그리고 나서 정하려고." 뭔가 상처 받지 않은 것 같은 내 모습에 놈들은 공격 방법을 바꿔서 상처 나 있던 내 오른팔을 잡으며 말했다. "야 이 새끼 팔은 또 왜 이래? 내가 그은 거야? 왜? 사는 게 힘들어? 그럼 그냥 죽으면 되잖아?" 사실 그때도 나는 상처는 안 받았다. 그냥 어떻게든 내 마음에 스크래치 내겠답시고 발악하는 거 같아서 하찮아 보였다. "아, 이거? 그냥 좀 적적해서 그은 거야. 그리고 나도 좀 있다 죽는 것도 나쁘지는 않은 거 같은데 지금 해야 할 일이 조금 남아서. 지금 이 그림도 색칠해야 하고." 정말 아무런 타격이 없는 거 같은 내 모습에 녀석들은 살짝 빡이 돈 듯 웬만한 아이들은 상처받고도 남을 공격을 했다. 일종의 히든카드로써 말이다. "근데 너 눈은 왜 그래? 약 한 건 아니지. 본드나 부탄가스 냄새도 안 나는 걸 보니까 정상인 거 같은데 그럼 이 눈깔은 유전이겠네! 누구한테 받은 거야? 네 애비? 아님 네 애미?" 내가 아까도 말했지만 의도를 파악했기에 그냥 개새끼들 멍멍거리는 소리처럼 들렸지만 왠지 대꾸를 안 해주면 그것들이 상처받을 거 같아 난 성심성의껏 대답해 줬다. "나도 몰라. 난 부모가 누군지도 모른 채 컸는데? 보육원에서 쭉 자랐거든. 니들이 생각하는 그거 맞아. 오갈 데 없는 고아야. 내가." 패드립도 안 통하자 결국 그것들은 손찌검과 함께 본색을 직접적으로 드러내기 시작했다. "근데 이 새끼는 아까부터 계속 따박따박 말대꾸야 개새끼가 진짜! 뒤질라고!" 그때 난 이 상황에 어울리는 말과 함께 맞은 뺨의 복수를 해줬다. "근데 그거 알아? 미국에는 이런 말이 있지. '펜이 칼보다 강하다는 놈들은 자동화기의 위력을 맛보지 못한 자들이다.'" 멍청한 놈들은 당연히 내 말의 의도를 파악하지 못한 채 내 책상에 펜을 들더니 말했다, "아 그래? 그럼 어디 한번 시험해보자. 진짜 펜이 칼보다 강한지 약한지." 그때 난 두 놈 중 한 놈은 턱을 풀파워로 가격해서 기절하게 한 다음 나머지 한 놈은 그대로 달려들어 넘어뜨린 뒤 한쪽 귀를 물어뜯었는데 내가 교도소에 수감되었을 때. 내 주변인들을 대상으로 방송에서 인터뷰를 진행했을 때 당시 그 현장에 있었던 사람들이 말하길 '마치 좀비나 늑대인간을 보는 듯했다.'며 증언했다는 얘기를 교도소 내에서 들었었다. 그나마 불행 중 다행으로 귀 전체가 아닌 귓불 정도만 뜯겨 간 놈은 이런 경험은 처음인지 미친 듯이 울면서 바닥에서 나뒹굴기 시작했고, 난 너덜너덜해진 녀석의 귀 조각을 손으로 잡아서 뗀 뒤 방금전까지 그리던 그림의 귀 부분에 문지른 뒤 바닥에 쓰러져 울고 있는 놈 교복 주머니에 잘린 귀를 넣어주고 그림을 보여주며 말했다. "나도 의도하고 그린 건 아닌데 딱 봐도 너희가 지금 처한 상황이랑 그런 게 딱 들어맞지? 자 선물!" 그러다 턱 맞고 기절한 놈은 그새 정신을 차렸는지 일어나서는 귀 뜯긴 놈을 데리고 어디론가 사라져버렸다. 그리고 얼마 안 가 쉬는 시간이 끝났다는 종소리가 들렸고 난 곧장 화장실로 가서 입이랑 턱에 묻은 피를 후딱 씻어내고 다시 교실로 돌아와 다음 수업 준비를 시작했다. 담당 선생님은 빈자리에 대해 물었지만 일진들 자리라는 걸 들으시고는 이미 포기했다는 말투로 그냥 그대로 3교시 수업을 진행하셨다. 그렇게 수업 시간이 끝난 후 쉬는 시간 때, 나한테 당한 게 억울한 놈들은 다구리를 써서라도 나한테 복수하고 싶었는지, 덩치 몇 놈들과 함께 나한테 오더니 '옥상으로 따라와'를 시전했다. 여기서 나한테 내려진 선택지는 없었다. 안 간다고 하면 왠지 그냥 끌려갈 거 같아서 그냥 알았다 하고 데리러 온 덩치들과 함께 옥상으로 올라갔다. 내 주머니 속에 뭐가 들어있는지도 모른 채로.

그렇게 옥상으로 올라온 내가 마주한 광경은 지난번에 귀가 떨어져 나간 놈을 포함한 다수의 일진 남녀들이 삼삼오오 모여있었다. 내가 옥상으로 나가자마자 날 데려온 놈들은 곧장 옥상 문을 잠근 뒤 바로 일행에 합류했다. 왜 문을 잠근 건지는 모르겠다. 설마 날 보복하려고 다들 바쁜 시간 내서 모이신 건가 했다. 그렇게 끌려 온 영문을 생각하는 동안, 나한테 귀 한 짝을 뜯겼던 놈이 말을 뗐다. "그래. 우리 새 장난감이 왔네. 여기 왜 왔는지는 알겠지? 넌 이제 뭐 된 거야, 이 자식아! 내 귀 보이지? 이거 어떡할 거야 씨발!" "미안하지만 네가 지금 가리키는 쪽 귀는 잘 안 보이는데? 귀는 반대쪽에 있겠지, 멍청한 친구?" 날 데려왔는데 되려 역으로 도발까지 시전한 내가 마음에 안 들었는지, 게다가 무리에서 꽤나 높은 자리에 있는 놈이었는지 다구리를 시전하려고 옆에 있던 덩치 몇 명을 떠밀었다. 그렇게 해서 뛰어든 한 덩치한테 난 주머니 속 무기를 꺼내 발사했으니, 바로 테이저건, 전기충격기였다. 이걸 어디서 구했나? 요즘 인터넷으로 웬만한 건 다 구할 수 있다. 뭐 이후의 이야기지만 인터넷을 통해서 얻은 몇 가지 장비로 총기나 화염방사기도 만들었으니까, 그럼 돈은? 주말 때 고된 일거리를 찾아서 번 돈으로 결제했다. 아무튼 다시 옥상 때로 돌아가면 테이저건에 얻어맞은 놈이 곧장 쓰러지자마자 모두

가 움찔했다. 그도 그럴 만한 게 자기들이 압도적으로 짓누르려던 놈이 갑자기 흔치 않은 무기를 꺼내니 당황할 만도. "왜 다들 놀랐어? 설마 내가 영화 주인공처럼 멋있게 무술로 한 명씩 제압할 줄 알았어? 웃기시네. 지금 무슨 영화 찍는 것도 아니고." 보통의 학원물 속 정의롭고 잘생긴 주인공이라면 뛰어난 능력으로 일진들을 제압했겠지만 나한테는 그딴 거 없다. 온갖 방법으로 이겨서 내 피해를 최소화하는 데 모든 힘을 쏟을 뿐. 하지만 내가 쏜 테이저건이 한번 쏠 때마다 새 카트리지로 교체해야 한다는 걸 어디서 본 건지 다시 떼거지로 달려들기 시작했다. 이때 내가 쓸 수 있는 무기가 반대쪽 주머니에 있었으니 바로 주먹 위력을 높이는 너클이었다. 재질 자체는 황동이 아닌 플라스틱이긴 했지만 그것도 제대로 맞으면 굉장히 위험할 만큼 위력이 컸기에 대부분의 맞은 놈들은 전부 아구창 한 방에 나가떨어졌다. 그렇게 졸개들을 전부 처리한 뒤 마지막 한 방 상대인 무리 우두머리, 즉 나한테 귀 물어뜯긴 놈한테 서서히 다가갔다. 그때 어디선가 각목이 날아와 그대로 내 머리를 강타했다. 맞은 머리에 손을 문질러보니 빨간 물이 나오는 걸 보니 제대로 맞은 듯했다. 난 곧장 뒤를 돌아봤고 날 후려친 건 여태 나한테 달려들지 않았던 일진 여학생이었다. "우와, 방금 네가 친 거야? 얘 대박이네. 아무도 내 몸에 못 내던 피를 다 내고, 그럼 너도 날 존중해 주겠지? 난 양성평등을 지향하는 사람이거든. 날 이해해 주시길." 난 곧장 날 후려친 여학생도 똑같이 너클 낀 주먹으로 한 방 갈겼다. '나한테 물리적, 정신적 피해를 준 사람은 모두 평등하게 대한다.' 이게 그동안 살면서 세운 원칙들 중 하나니까. 그렇게 옥상에는 나와 귓불 뜯긴 무리 우두머리. 단둘만 남았다. 근데 이미 그놈 상태는 자기 무리가 전부 한 사람한테 나가떨어지는 모습, 내가 행사하는 폭력에 있어 상대 안 가리는 모습 들을 보면서 조금 겁에 질린 듯했다. 나는 상대방이 겁먹지 않도록 친절한 웃음과 함께 원래 내 앞에 쓰러지고 쓰러질 예정에 있는 연놈들의 원래 행보에 대하여 말해줬다. "참 어째 가만히 좀 학창 시절 보내야 뒤에 너네 출세할 때 말이 없을 텐데. 아니면 원래 너네는 휴지 속에 있다가 변기 물에 흘려보냈어야 하는 것들인데. 운 좋게 세상에 나와서 여기저기 행패 부리며 다니는 거야?" 그렇게 옥상에서의 일이 끝날 때 쉬는 시간도 끝났고, 정신 차린 연놈들도 각자 자기들 반으로 돌아간 채 4교시 수업을 들었다 4교시 수업이 끝난 후는 점심시간이어서 학생들한테 할당되는 자유시간이 훨씬 많았다. 학생들은 반마다 시간에 맞춰서 급식실로 들어갔지만 나는 들어가지 않았다. 그 이유는 예전부터 사람 많은 곳이 불편했기에, 그냥 어디 화장실 같은 데 박혀서 조용히 라면 같은 거 먹는 게 훨씬 나았다. 이때를 노린 일진 무리는 내가 화장실 칸에 들어가 있는 동안 시원하게 양동이째로 물을 부어줬다. 뭐, 자기들 딴에는 나름의 복수를 해서 사이다 병을 땄는지는 모르겠지만 난 전혀 화가 나지 않았다. 그저 물 부어준 일진 애를 찾아서 답례를 해야겠다는 생각했다. 곧장 나는 젖은 옷을 벗어 최대한 물을 짜낸 뒤 화장실 끝에 있는 히터에 최대한 옷을 말린 후 다시 입고 교무실에 있는 전기 주전자에 물을 넣어 다시 끓인 뒤 보온병에 넣어 반으로 돌아왔다. 반에서 나한테 선물 주고 난 뒤에 벌어질 상황은 아무것도 모르고 쪼개던 친구가 있기에 나도 일진에게 전기 찜질을 해줬다. 일진은 아주 좋아서 나자빠졌고 나는 말했다. "예수는 이런 말씀을 하셨지 '네가 뺨을 맞았다면 반대쪽 뺨도 내줘라.' 그럼 너도 한쪽 귀가 뜯겼으니 반대쪽 귀도 내어줘라." 어디서 들었던 예수님의 말씀을 전달한 나는 친구의 남은 한 쪽 귀도 물어뜯었다. 그리고 난 뒤 뜯겨 난 곳에서 솟구치던 피는 일전에 보온병에 담아뒀던 따뜻한 물로 깨끗이 씻어냈는데, 이 모든 일이

흉악범 도살자 145

하루 안에 일어났던 일이었다.

　이런 광경을 계속해서 묵인하던 선생들도 이제는 더 이상 안 되겠다 싶었는지 곧바로 제제에 나섰고, 나 또한 선생들과 마찰 일으키는 건 원치 않았기에 최대한 협조했다. 당연히 난 학교 폭력 위원회에 회부되었고, 회부되기 전 잔뜩 화난 채로 걸어오던 남녀 한 쌍이 있었으니 누가 봐도 귀 잃은 친구의 부모 같았다. 잔뜩 격양된 채로 다가오던 귀 먹힌 일진 아버지는 곧장 내 뺨을 후려쳤고 난 뺨을 맞자마자 똑같이 한 대 후려친 뒤 말했다. "죄송합니다. 제가 이런 쪽 계산엔 굉장히 민감한 애라." 친구 쪽 보호자로 부모님이 왔고 내 보호자로는 보육원 원장님이 오셨다. 열이 받을 대로 받은 귀 먹힌 일진 부모는 당연히 내가 교도소로 들어가길 원했으나. 내 보호자 자격으로 오신 보육원 원장님께서는 이번에 일어난 일에 대해 확실하게 조사하셨고 내가 유리하게끔 철저히 준비해 오셨다. 바로 이번 사건의 피해자도 사실 과거 다른 아이들에게도 습관적으로 괴롭힘을 일삼았다는 증거와 피해 학생들의 증언까지 전부 확보해 놓으셨기에, 만약 내가 소년 교도소로 들어간다면 귀 먹힌 일진 손을 잡고 같이 들어가야 하는 판결이 나올 수 있게끔 만드셨다. 결국 제 자식이 감옥 가는 건 보고 싶지 않았는지 위원회에서 이뤄진 회의 결과는 합의를 하는 정도에서 끝내는 것과 내 고등학교 자퇴로 결정되었다. 그렇게 나는 원장님 뒤를 따라 영원히 학교에서 나왔다.

보육원 원장실까지 다다르면서 원장님께서는 조용히 말을 꺼내셨는데 바로 내 보육원 퇴소 관련한 얘기를 하셨다. "저기, 이제 네 나이가 곧 20살인데 내가 뭘 말하려는 건지 알 거 같아? 이제 그만 보육원에서 퇴소해야 할 때가 온 거야. 근데 너무 걱정하지 마. 그냥 막무가내로 아무것도 없이 그냥 내보내는 일은 없으니까. 우선 앞으로 여기서 지낼 수 있는 시간이 조금 남았고, 네가 자립하면서 필요한 자립금이 너한테 갈 거야." "네, 뭐 사실 저한테 돈 몇 푼 쥐여 주시는 거 자체가 저한테는 굉장히 감사한 일이죠. 원래 저는 교도소로 갔을 몸이니까요." 그렇게 해서 학교도 자퇴한 채 보육원에서 여러 잡일을 도우며 지내다 보육원에서도 퇴소해야 했던 20살의 나는 500만 원 정도의 자립금을 받은 채 평생을 머물렀던 곳에 작별 인사를 한 뒤 그곳을 나왔다.

보육원을 나오게 되는 20살까지의 내 얘기를 듣던 그녀는 갑자기 내 말을 경청한 뒤 내가 저지른 첫 살인에 대해 묻기 시작했다. "진짜 파란만장한 삶 사셨네요. 그럼 보육원 퇴소하신 뒤에 있었던 일에 대해서 물어봐도 괜찮을까요? 처음으로 행한 살인에 대해서, 누구를, 어떤 방법으로, 왜 그러셨는지 좀 자세하게 얘기해 주실 수 있나요?" 질문 자체는 예상했지만 굉장히 반짝거리는 그녀 눈을 봤을 때는 상당히 당황했다. 어차피 내가 입을 다물든 얘기를 해주든, 앞으로의 내 삶에는 아무 변화가 없기 때문에 난 내 첫 살인에 대해서 얘기해 주기 시작했다. "네, 우선 조금 진정하시고요. 와…. 되게 당황스럽네요. 그동안 저한테 접근하던 사람들은 제 얘기를 궁금해하는 척하는 사람들밖에 없었는데 지금 이번은 너무 반대 상황이어서 말이에요. 네, 얘기해 드릴게요."

첫 사냥감들

어느 정도의 돈을 받은 건 다행이지만 평생 살아왔던 곳을 나온 뒤 새로 살 곳을 찾는 건 굉장히 어려운 일이었다. 그렇게 처음에 그저 오갈 데 없는 노숙자 상태로 옷가지와 무기 등이 담긴 캐리어 가방과 내 앞으로의 일생을 책임질 책들이 담긴 백팩을 매고 돌아다니기 시작했다. 돌아다니는 동안에도 틈틈이 나한테 살면서 필요할 만한 시험도 보고 일자리도 구하곤 했었다. 뭐 시험은 그냥 운전면허 하나 딴 거긴 한데, 왜 내가 무언가를 할 수 있는 자격을 얻는 건데 돈이 뭐 그렇게 많이 드는지는 지금도 의문이다. 일하면서 돈을 버는 생활은 생각보다 빨리 찾아왔고 운 좋게 한 물류 센터에 취업하고 그 근처에서 노숙하면서 1년 정도 일하다, 거났다. 일하면서 친해진 형들을 들들 볶던 소장이 하나 있었는데. 안 그래도 남 들들 볶는 모습이 고깝지 않았는데 어느 날 내 컨디션이 좋지 않았던 날에도 어김없이 자기보다 어린 직원들을 갈구는 모습에 폭발하여 그 소장 손가락을 컨베이어 벨트에 넣어 갈… 으려 했으나 그건 좀 심한 거 같아서 그냥 무방비 상태에 있을 때 의자로 머리를 내려쳤다. 그 소장 아마 마음 같아선 날 감옥에 넣고 싶었겠지만, 그 소장 입장에서도 본인이 잘못한 것도 있었기 때문에 약간의 합의와 내가 일터에서 쫓겨나는 정도에서 끝났고 그렇게 계속 여러 동네를 돌아다니는 방랑자 생활로 다시 돌아갔다 그렇게 방랑자 생활로 돌아오고 몇 달이 지났을까. 이렇다 할 관리도 안 하는 바람에 머리는 더벅머리로 변했고 수염도 조금 덥수룩한 편에 접어든 채 시비 걸린 양아치들과 싸우면서 주먹질에 살가죽이 뜯겨 나갈 정도로 그들을 물어뜯으며 돌아다니다 끝내 드디어 편하게 살 만한 곳을 찾았다. 원래 재개발 예정 지역으로 모든 동네는 싹 비워졌다. 원래 사시던 분들이 자의로 떠나신 건지, 타의로 떠나신 건지는 잘 모르겠지만 용역 깡패들이 드나들었다는 소리를 들은 걸로 봐선 대부분 강제로 떠나신 거 같았다. 그렇게 해서 동네는 완전히 다른 장소로 바뀌는 줄 알았지만 여러 사정으로 인해 재개발은 여태 진행되지도 않은 채 버려진 유령 단지였으니 나한테는 완전 땡 잡은 거나 다름없었다. 거기다 내가 새로 잡은 터전에서 조금만 더 걸어가면 완전히 다른 장소가 펼쳐지니 이미 재개발이 다 이뤄진 듯 높은 주상 복합 아파트 단지와 큰 고등학교가 자리 잡은 곳으로 나한테는 또 다른 기회였다. 거기서 입을 만한 옷도 몇 벌 구할 수 있었으니까. 그날도 다른 날과 별다를 바 없이 고급 아파트 단지 의류 수거함에서 입을 만한 좋은 옷가지 몇 벌을 챙긴 채 내 아지트로 향하던 길이었다. 그때 내 아지트 앞 들어가야 하는 건물 입구 앞에서, 방금 들렀던 고급 아파트 단지 옆 고등학교 학생들로 보이는 애들 여럿이서 동급생 한 명을 괴롭히는 굉장히 귀찮은 상황이 펼쳐져 있었다. "미안한데 좀 비켜줄래? 나 좀 졸리거든. 배도 좀 고프고." 마치 걸인 같은 행색이었던 날 보던 학생들은 내가 자기들과 비슷한 나잇대인지를 전혀 모른 듯했는지 나를 아저씨라 불렀다. "저기요, 아저씨. 조금만 기다리세요. 오늘 이 새끼 재미 좀 보게요." "알았어. 그럼 난 여기 앉아있을게. 혹시 담배 같은 거 있니?" "지금은 없어요. 그니까 조용히 좀 있어요. 아저씨도 벗기 싫으면." 그때 난 이 새끼들 말하는 뽄새가 진짜 어른한테 대하는 모습도 상당히 싸가지없을 거란 생각에, 그리고 새로운 식량 냄새에, 날 상대한 새끼의 '벗기 싫으면'이라는 말에, 뭐 아무튼 여러 가지 기발한 생각이 떠오른 난 자리에서 일어나 술주정뱅이인 척 연놈들에게 시비를 걸었다. "근데 너네는 원래 어른들한테 말하는 싸가지가 그러냐? 그리고 벗긴 뭘 벗어 여긴. 목욕탕이 아닌데? 모텔은 더더욱 아니고." "혹시 술 드셨어요? 그럼 그냥 자빠져 계세요. 확 자빠트리기 전에." "어, 그래. 뭐 어른한테 싸가지없이 굴고 그럴 수도 있지. 내가 이해할게. 가정교육을 못 받아 처먹은 건데 뭐 어떡하겠어? 그래~ 난 상관 말고 하던 거 해." 왠지 모르게 자기들 자존심을 긁는 내 시비에 상대는 내 올가미에 스스로 들어왔다. "아니, 근데 이 아저씨 말하는 게 왜 이러지? 존나 짜증나네. 저희가 두 가지 제안을 할게요 지금 저희한테 혼쭐나고 가진 거 다 뺏기실래요? 아님 얘 대신 벗고 조용히 집에 가실래요?" 한 여자 일진이 나한테 곧장 겁주려고 말한 것 같았지만 나는 그냥 말한대로 바지와 속옷을 내린 뒤 바로 앞에 있던 남자애한테 말했다. "자! 이제 됐냐? 저기요. 얘기할 땐 사람 눈을 보고 얘기해야죠? 사람 눈 봐. 지금 봐!" 걔는 내가 큰 소리를 내자 그제서야 징그럽다는 눈빛과 함께 내 눈을 쳐다봤다. "어, 그래. 자, 다들 잘 들어줘. 내 것도 사실 크다고 얘기할 순 없어. 오히려 작은 축에 속하지. 근데! 작업하는 데에는 아무런 문제가 없어. 근데 왜 벗으라 한 거야? 내 거 빨아 주기라도 하게? 뺑! 뺑! 뺑! 뺑!" 계속해서 골반을 튕기는 내 모습에 사람 잘못 잡았다 싶었는지 학생들은 원래 괴롭히려던 체구 작은 아이한테 다음에 보자는 말과 함께 도망치듯이 벗어났다.

한 차례의 폭풍이 지나간 뒤 현장에는 나와 원래 괴롭힘의 대상이었던 친구 단둘만 남았다. "저기… 정말 감사합니다. 저 가봐도 될까요?" "어… 근데 혹시 내 부탁 몇 개만 들어줄 수 있어?" "뭔데요? 제가 할 수 있는 건 다 들어 드릴게요." "혹시 지금 가지고 있는 돈 있으면 좀 줄 수 있어? 내가 무료봉사하는 사람처럼 보이지 않아 보이는 건 너도 느끼지? 그리고 방금 도망간 애들 너랑 같은 학교면 다니는 학교랑 반이랑 이름 좀 알려줄래?" 친구는 내 부탁을 듣자마자. 종이 한 장과 지갑을 꺼내, 종이에는 방금 도망간 이들의 학교 관련 정보를 적어주었는데 피해자 될 뻔한 친구를 포함해 모두 같은 반이었고, 학교도 내가 여러 번 내 아지트와 부자 아파트 단지를 오고 가면서 본 고등학교가 맞았다. 다음으로 같이 꺼낸 지갑 속에 들어있는 돈을 전부 나한테 주었는데 고등학생 신분을 생각하면 엄청난 금액이었다. "우와, 너도 나랑 같은 부류인가? 너 배춧잎 장난 아니구나? 이거 다 나 주는겨?" "네, 뭐. 저 도와줬으니까 이 정도는 괜찮아요. 그리고 걱정 안 해도 돼요. 용돈이라." 괜히 얼떨떨해진 난 친구를 보내주며 한 가지 제안을 했다. "그래 네가 괜찮다 하면 됐는데, 다음부터는 카드 안에 입금한 채로 다녀. 그래야 네가 부잣집 도련님인 걸 모르지. 근데 혹시 그것들이 또 괴롭혀서 내가 도움이 필요하면 여기로 다시 와. 도와주는 값은 이 정도는 너무 큰 거 같고, 나중에 돈 안 받고 내가 그것들 처리해줄게." 친구는 굉장히 솔깃한 제안이라며 알았다 하면서 자기 집으로 돌아갔고, 나도 바로 내 집으로 들어갔다.

  내 집이라는 곳은 일반인들이 생각하는 집의 모습과는 조금 다르다. 외형은 평범한 아파트이지만 전에도 말했듯이 모두가 떠나 아무것도 없는 아파트 단지였기 때문에 단지 입구 바로 앞 아파트 안으로 들어가 조금 올라가 4층에 한 호수 안으로 들어가면 내가 직접 꾸민 아지트가 있다. 텐트와 가스버너 캐리어 속에 넣어 놓은 옷들로 꾸며진 방. 나한테는 에덴동산 같은 곳이었다. 가스버너를 키고 물을 담고 라면 하나를 끓이면서 정말 오랜만에 배를 꽉 채운 뒤. 텐트 속 침낭 안에서 눈을 붙였다. 다음 날 전에 내가 어쩌다 구해줬던 친구가 쥐여준 꽤 되는 돈으로 목욕탕에서 몸을 풀고 빨래방에서 그동안에는 어찌저찌 손빨래하면서 입었던 옷도 깨끗하게 빨기까지 했다. 정말 몇 안 되는 기분 좋았던 순간이었다. 그렇게 그날은 다른 날과는 조금 다르지만 그래도 기분이 좋은 거 외에는 별다를 거 없는 삶이었다. 그 때 창문 밖에서 익숙한 목소리가 들려왔는데. 바로 전에 구해준 친구였다. 난 친절히 친구를 맞이했다. "안녕, 도련님. 덕분에 진짜 오랜만에 호강했어. 근데 이번에 또 무슨 일로 오신 겨?" 이번에 친구가 가지고 온 방문 이유도 전과 비슷했다. 저번에 보여줬던 내 광기가 별 효과가 없었는지. 이후에도 다른 애들을 계속해서 괴롭혔고, 하나도 변함없는 모습이어서 날 찾아왔다는 이유였다. "아이고 아무래도 그것들은 갱생은 안 될 거 같다. 그냥 아예 끝을 봐야 할 거 같은데. 나 혼자서는 안돼. 네가 도와줘야 해. 우선 수건 하나만 구해주면 돼. 새 거 갖고 오지 마. 그것들은 걸레도 아까운데 내 손 걱정하는 차원에서 수건으로 구해 달라는 거니까. 그리고 수건을 받으면 나는 즉시 너네 학교로 들어간다. 넌 그냥 수업 시간 끝나고 담당 선생이 나가면 그것들 반에 계속 있게 묶어 놔 그럼 다음부터는 내가 알아서 처리할게." 그렇게 나만의 계획을 세운 며칠 뒤. 친구가 수건 한 장을 준비해줬고. 난 아지트 근처 숲에서 미친 듯이 구덩이를 파기 시작했다. 사람 여럿 들어갈 수 있을 정도의 구덩이를 파낸 뒤 계획 실행에 착수했다.

 사냥을 위한 위협을 하기 위한 당일이 됐을 때 나는 평일 낮에 그것들과 내 친구가 재학 중인 고등학교로 향했다. 학교 앞에 선도부로 보이는 학생 하나가 지키고 있었지만 내가 멱살 잡은 뒤 너클 낀 주먹으로 위협 한번 하니까 그냥 들어보내줬다. 손쉽게 학교 건물 안으로 들어온 나는 친구로부터 들은 수업 시간이 끝나기 5분 전에 그 연놈들 반 앞에까지 다다랐고, 몰래 창문을 통해 본 교실 속 풍경엔 내 사냥감이 전부 있었다. 그렇게 5분 정도밖에 앉아 기다린 뒤 수업 시간이 끝났다는 종소리가 들리고 담당 선생이 교실 밖을 나가 교무실로 가자 그 연놈들 또한 거의 선생을 따라 같이 나가듯이 굉장히 빠르게 자리를 뜨려 했다. 자칫 교실 안에서 모든 걸 끝내려던 내 계획이 실패하려던 찰나 날 찾아왔던 친구가 연놈들한테 할 말이 있다며 약간의 시간을 벌어줬다. 그렇게 일진 연놈들이 멈추자마자 난 최대한 소리를 줄인 채 교실로 들어갔고 준비한 수건을 양손으로 휘감은 뒤 내가 보고 있는 시점에서 등을 보인 일진 한 놈 목을 그대로 졸랐다. 녀석은 당연히 미친 듯이 소리치려 했지만 목이 수건에 눌리면서 켁켁대는 거 외에는 아무것도 할 수가 없었고, 다른 연놈들 또한 걜 구하겠다면서 욕설과 함께 달려들려 했지만 난 목을 조르고 있는 놈을 인질 삼아 말했다. "잠깐만! 만약에 너희들이 진짜 얘를 살리고 싶으면 그냥 거기 가만히 있어. 얘 숨통 막혀서 뒤지는 꼴 보기 싫으면." 다행히도 다른 연놈들도 전에 만났던 날 알아봤는지 내 말에 따랐고, 난 조르고 있던 수건을 풀어준 뒤 나를 보게끔 몸을 돌렸고 그대로 턱에 주먹을 꽂아 기절시킨 뒤 전에 만났던 연놈들에게 하나씩 인사했다. 처음으로 인사한 상대는 나한테 바지 벗어보라던 놈이었다. "분위기를 망친 건 미안해. 그래도 인사는 하고 가야겠지? 그래 너! 너 저번에 나한테 바지 벗어보라

하지 않았냐? 근데 왜 그런 걸 시킨 겨? 내 거 빨려고 한 겨? 아, 미안. 조금 조용히 말했어야 했는데 여기 다른 친구들은 모르겠지 네가 게이인 거 말이야. 근데 벗으라 해놓고 그냥 가버리는 건 뭐야 난 언제든 빨릴 준비가 되어있는데. 아님 지금 빨래?" 다음으로 인사한 상대는 키 작은 일진 여학생이었다. "다음으로 너는 어째 처음 봤을 때보다 가슴이 커진 거 같다. 아, 미안해. 보려던 건 아니었는데 처음 봤을 때 너네 누군지 확인하는 차원에서 돌아보다 그랬어. 근데 그때는 가슴에 뭐 넣는 걸 깜빡했었니? 아님 휴지를 넣은 거야 뭐야? 아무튼 새로 키운 가슴 예쁘네!" 그 다음 인사 상대도 여자 일진이었는데 방금 인사했던 애보단 조금 큰 편이었다. "그래 너는 전이랑 별로 달라진 게 없네. 참 한결같아서 좋네, 인성도 별로 달라진 거 없고 말이야, 근데 있잖아? 가슴 키우기 전에 인성을 먼저 키워." 마지막 대화 상대는 이미 의식을 잃은 일진이었다. "근데 방금 내가 목 졸라서 기절시킨 애는 포지션이 어떻게 돼? 없어? 농담 받아 줄 기분이 아닌가? 미안해, 아무튼 나는 이제 그만 갈게. 내 할 일은 다 끝낸 거 같아서 말이야. 아, 그리고 하나 부탁하는데 이번 쉬는 시간 끝나기 전까지 내가 기절시킨 애 보건실에 던져놔 줘. 그 정도는 할 수 있지? 뭘 잘못 먹어서 목에 걸린 거 같다고 하고 알았지?" 내가 부탁을 말하자 곧바로 쉬는 시간이 끝났다는 종소리가 들렸다. "에이 바로 가야겠네. 그럼 나도 이만 갈게. 다들 안녕 빠빠이!" 그렇게 계획을 모두 수행한 나는 괜히 선생 하나 마주쳐서 귀찮아지기 전에 학교를 나와 아지트로 유유히 돌아갔다.

금지된 욕망

사실 이쯤 했으면 그 일진 연놈들 다 쫄아서 짜질 줄 알았는데, 그럼에도 불구하고 이 멍청이들이 정신 못 차리고 그동안 자기들이 폭행을 당했다며 학교 측에 알렸지만 그건 오히려 과거 자기들이 동급생들을 상대로 행했던 업보에 대해 자세히 파헤쳐 달라는 꼴이었기에 그것들은 학교에 얘기하는 것보다 나를 직접 조지겠다면서 내 아지트로 찾아왔다. 그것도 내가 서로 공생하면서 친해진 부자 친구를 협박해서 친구를 총알받이처럼 앞장세운 채 아지트까지 찾아왔다. 그렇게 비닐로 뒤덮인 아파트 단지 안까지 들어온 연놈들을 맞이했다. "와, 안녕. 나 보고 싶었어? 난 너네 되게 보고 싶었는데. 우선 저 친구는 밖에 던져 놔. 이번에 우리가 할 얘기는 나랑 일진 연놈들 간에만 오갈 거 같은데. 관련 없는 애는 그냥 빼놔. 도망가지 말라 해놓고." 이 말을 듣고는 '뭔 개소리야.'가 나올 줄 알았지만 그 전에 당한 게 생각이 났는지 순순히 내 말에 따라 친구를 아파트 호수 밖으로 보낸 뒤 문을 잠갔다. 그렇게 일진들의 불만이 나한테 쏟아져 나왔다. "아니, 근데 넌 뭔데 우리 하는 일에 자꾸 지랄이야. 너 솔직히 우리가 어떤 놈들인지 모르지?" "그렇지. 다만 그냥 빽이나 대가리 수 믿고 까부는 찌질이들이라는 거 정도는 알고 있지." 이 말을 끝으로 난 마지막 계획을 실행하기 위해 담배 한 대를 권했다. "알았어. 너네가 원하는 건 내가 더 이상 니들 일진 놀이 방해하지 말라는 거지? 알았어. 그렇게 할게. 담배 한 대 태울래? 내가 담배 한 대를 일진 한 놈 입에 물려준 뒤 라이터로 불을 붙이고 곧장 담뱃불에 예전에 사 왔던 살충제를 뿌렸다. 살충제 속 성분이 불에 닿으면 마치 토치를 연상케 하는 불줄기가 뿜어져 나오니 담배 문 놈은 미끼를 정확히 문 꼴이었다. 그렇게 얼굴에 불을 맞은 일진 놈은 미친 듯이 울부짖기 시작했다. 그때 나는 허리춤에 차고 있던 클리버로 시끄럽게 소리치던 놈을 조용히 시킨 뒤 다른 일진 연놈들도 하나, 둘씩 도륙하기 시작했다. 현장이 피로 얼룩졌고 나는 마치 괴물이나 다를 바 없는 모습을 하고 있었다. 눈은 비정상적으로 충혈되고 몸에서는 마치 김이 뿜어져 나오는 거 같았다. 그런 모습으로 하나 둘 숨이 끊어진 사냥감들을 늘리면서 내 모든 계획이 성공했다. 내가 온몸이 피범벅인 채로 아지트 문을 열었을 때 바로 옆에 부자 친구가 가지 않고 기다리고 있었다.
"고마워. 부자 친구. 이제 너네 괴롭히는 사람들은 없을 거. 그리고 이제 우리 만남은 여기서 끝내자. 안 그럼 너까지 오해받고 위험해 진다. 돈은 안 줘도 돼. 내가 하고 싶어서 한 일이니까. 저것들 지갑 한 번 털어보지 뭐. 자! 이제 얼른 집에 가 안녕!" 그렇게 내가 사회에 나와 사귀었던 첫 친구와 작별한 다음 내가 한 일은 사냥감의 처리였다. 당시의 나는 우선 발골 과정을 밟기 전에 소지품 검사로 죽인 사냥감의 옷이나 가방을 뒤져봤는데 그동안 일진 놀이 하면서 턴 돈으로 꽉 차 있었는데 아마 나한테도 돈을 뜯어내려고 가져온 듯했다. 그렇게 한 몫 두둑이 챙긴 나는 이상하게 떨리는 손을 잠재우기 위한 안정제를 투여한 후, 사냥감 발골에 들어갔다. 아지트 내에 부엌으로 쓰였던 곳에 큰 비닐을 깔고 도축한 사냥감들을 눕힌 뒤 옷이나 신발 같은 의류는 전부 치운 뒤 도축 과정에 썼던 미니 화염방사기를 이용하여 체모를 모두 불태운 뒤 사냥감들을 모두 개복한 뒤 주요 장기를 손질한 뒤 꺼내기 시작했다. 지금의 내 발골 능력은 전문가 수준으로 늘었으나 그때는 살인 자체가 처음이었으니 발골 능력은 어땠겠는가? 당연히 제대로 발골하는 건 실패했고 간이나 심장 같은 주요 장기만 적출 한 뒤 손질하고 바로 물 담은 코펠을 가스 버너 위에 올린 뒤 물이 끓기 시작하자마자 바로 넣어 삶았다. 적절한 정도로 음식이 삶자 다시 꺼내서 예쁘게 썬 뒤 막장과 함께 먹었는데, 이게 내 첫 살인이며 동시에 첫 식인이었고 첫 느낌은 고기 맛도 괜찮았었고 나쁘지 않았다. 이후 남은 시신들은 전에 파 놓았던 숲속 구덩이에 모두 몰아넣고 신나를 부은 뒤 불을 붙여 모두 태운 뒤 구덩이 팔 때 쓰던 삽으로 다 타 뼈만 남은 시신들을 모두 부숴버렸다.

'갑자기 뜬금없이 왠 식인?' 하겠지만 사실 이 금지된 욕망은 예전부터 나를 자극했었다. 하지만 어디까지나 자극에 그쳤을 뿐 넘어가지는 않았지만, 보육원을 나온 이후 삶이 급격하게 거칠어졌는데 특히 지나가다 시비 걸린 동네 양아치들과의 싸움이 잦아지고 그 과정에서 내가 남을 물어뜯는 횟수가 늘었는데, 그때의 나는 몰랐지만 점점 금지된 욕망에 잠식되는 과정이었다. 결국 끝은 식인 행위까지 뻗치니, 이게 '반복적 강박증'에 의한 식인 행위로 생각된다.

첫 살인 이후의 삶

"아, 그때가 첫 살인이었군요. 식인 행위도 그때부터였던 건 처음 알았어요. 그럼 이후의 생활은 어떻게 됐나요? 그리고 한참 뒤에 자수로 체포되셨는데 그동안에 경찰 포위망은 어떻게 피하셨어요?" 내 첫 살인과 식인 얘기를 들은 그녀는 더욱 흥미롭다는 말투로 질문 세례를 이어갔다. "네, 그 이후에는 계속 아지트에서 지내다가 누가 찾아왔어요. 경찰이었나? 했지만 아니더군요 한 폭력 조직원들이었습니다.

내가 어디에 있는지 어떻게 알았는지 찾아온 조직 폭력배들에게 들어보니, 자신들이랑 친하게 지내면서 새로 육성하려던 어린 놈들 중에서 내가 도살한 일진들이 있었는데 어느 순간 이후로 연락이 끊긴 것에 의심을 품고 주변 인물들을 탐문하다 나랑 친했던 친구한테 얘기를 듣고 찾아왔다고 했다. 나는 조직 폭력배들한테 맞아 죽거나 할 줄 알았는데 찾아온 그들은 오히려 나한테 조직으로 들어올 생각 없냐면서. 나를 포섭하기 시작했다. 하지만 난 누구 밑에서 일하는 건 별로 안 좋아했지만 먹고 살려면 어쩔 수 없이 그들을 따랐고 조직 두목에게 제안할 것들을 생각하면서 조직 건물로 향했다. 큰 사무실에 '힘들 때 웃는 자가 일류다.'라는 글귀가 사무실 벽 한가운데에 걸려 있었고, 큰 책상에 큰 의자에 앉아있던 조직 두목은 다양한 종류의 파이프 담뱃대와 연초, 온갖 돈지랄을 다 떨면서 나에게 물었다. "그래 네가 우리가 키우던 애들을 다 죽였다고?" "네 뭐 죽이고 장기 뜯어 삶아 먹고, 남은 몸은 태우고, 박살내서 재로 만들어서 근처 산에다 뿌렸죠." 내 첫 살인에 대해 들은 두목은 감탄하며 큰 돈벌이와 원하는 건 모두 다 이룰 수 있다는 말 등으로 날 자기 밑에 두려 했지만, 나는 생각하고 있던 제안을 말했다. "근데 제가 오면서 몇 가지 생각해놓은 게 있는데, 우선 저는 제 신경을 긁는 사람들만 죽입니다. 그리고 저는 그냥 어디 먼 데에 묶어 놓은 뒤에 일이 있을 때마다 부르는 식으로 하고 지낼 만한 곳은 컨테이너 박스 몇 채 찾아본 뒤 말씀드리도록 하죠, 그리고 주시려는 일들은 중범죄 전과의 흉악범들만 상대하는 일이었으면 좋겠습니다." 두목은 내 제안이 가소롭다는 듯이 웃어댔다. 그래도 실컷 웃고 난 뒤 잠시 생각에 잠기더니 나한테 해줄 일이 몇 개 있다면서 만약 성공하면 내가 제안한 모든 조건을 수락하겠다 말했으니, 바로 적대 관계에 있던 다른 폭력 조직원 하나를 데리고 오라는 것. 나는 곧장 정보를 알려주기 위한 조직원 한 명과 차를 타고 적대 조직원들 중 가장 밑에 있는 애들이 사는 건물 앞에 차를 세운 뒤 목표 사진 한 장을 주며 날 건물로 보냈다. 그렇게 내 첫 임무가 진행되었는데 뭐 별거 없었다. 조용히 들어갔는데 사람들은 많이 없었고 나는 사진과 맞는 사람을 찾아 주먹으로 기절시킨 뒤 다시 차로 돌아오는 정도로 굉장히 쉽게 끝났다. 이런 작업 의뢰는 몇 번 더 있었고 깔끔한 일 처리에 만족한 두목은 약속대로 내가 말한 모든 것이 충족되는 조건으로 날 고용인으로 쓰기 시작했고 내가 찾으려던 새 아지트도 먼저 다 찾아 놓았고, 도착한 새 거처는 산자락에 위치한 컨테이너 박스 4대가 모여 있는 구조였다.

기존에 아지트로 쓰던 폐아파트 단지에서 가지고 온 짐을 푼 뒤 각 컨테이너 박스들을 적재적소에 활용하기 위해 스스로 개조하기 시작했고 각 컨테이너 박스에 이름을 붙이기 시작했다.

첫 번째 컨테이너는 '저택'이라 이름 붙인 곳으로 곡선 형태로 위치한 컨테이너늘 중 가운데 위치해 있다. 저택이라는 이름 그대로 내가 생활하는 공간이다. 전기, 수도 다 들어오고 호신용 총기 보관함에, 침구에, 화장실에, 소파까지 있을 건 다 있다.

두 번째 컨테이너는 '무기고'라 이름 붙인 곳으로 어린 시절부터 쌓은 총기와 폭발물 관련 지식을 필두로 여러 투박한 총기와 폭발물을 제작하고, 자동차 오일 필터로 소음기를 만들고, 고용 조직으로부터 지원받은 잡동사니들로 화염방사기까지 만들었다. 액체 연료가 담기는 통을 시작으로 발사 장치나 장난감 총 손잡이를 뜯어서 화염방사기에 붙여 손잡이로 만들었다. 그렇게 내가 직접 만든 화염방사기의 화력의 최대치는 제2차 세계대전이나, 베트남 전쟁 때 미군이 쓰던 M1 화염방사기와 비슷한 수준까지 끌어올리는 데 성공했다. 컨테이너 위치는 저택 컨테이너 바로 옆에 위치한다. 참고로 화염방사기 연료통 뒤에 이름을 지어 매직으로 써놨는데 다시 생각해봐도 잘 지은 거 같다. '먹지 마세요. 피부

에 양보하세요.'

세 번째 컨테이너는 '고기 분쇄기'라 이름 붙인 곳으로 사냥 후에 얻은 사냥감들을 정리하고 고기를 분리하고, 그렇게 얻은 고기들은 잘 썰어 밀봉한 뒤 큰 냉동고에 보관하고, 도저히 쓸 수 없는 부위는 고기 분쇄기에 넣어 간 뒤 뒷산이나 바다에 뿌리고, 뼈는 가루로 만든 뒤 하나도 빠짐없이 분골함에 보관해놨다. 분골함 주인 구별을 위해 사전에 사냥감들을 수색해 면허증이나, 주민등록증 등으로 신원을 파악할 수 있다면 그대로 분골함에 적을 수 있어 다행이었지만 그렇지 못한 경우도 있었는데, 그때는 해체 전 얼굴 사진이라도 찍어 분골함에 붙여놨다. 이 대목에서 사람들은 나한테 물을 거다. '왜 자기가 죽인 사람들 유해를 모으냐?'고. 뭐 연쇄살인범 대부분은 희생자들의 신체 일부나 소지품을 전리품처럼 가진다 하던데, 사실 나는 그런 건 잘 모르겠다. 그냥 제아무리 대부분이 조직 범죄자, 즉 인간 말종에 흉악범이었어도 누군가에겐 가족의 일부였고 나랑은 다르게 죽은 걸 슬퍼할 사람이 있을 테니 '장례 치를 시신 일부는 있어야지 않겠나.'라는 생각에서 한 행동이었다. 뭐 도축 이외에 내 개인 식사 시간 때에는 먹을 요리까지 만드는 장소까지 겸하고 있는 장소였다. 작업이 하도 손이 많이 가서…. 모은 뼛가루들은 확실히 신원 파악이 된 유해들은 기록하고 모두 저택에 모아놨다. 아 참고로 냉동고나 분쇄기 때문에 전기를 굉장히 많이 쓰기 때문에 뒤에 말하겠지만 컨테이너 위에 큰 태양열 판넬이 다른 컨테이너보다 더 많이 달려 있다.

마지막 네번째 컨테이너는 '레스토랑'이라 이름 붙인 곳으로 이름 고기 분쇄기에서 처리한 고기들을 필두로 요리하고 방문한 손님들한테 대접하기도 한다. 레스토랑 개업 이후 처음에는 아무것도 없었던 인테리어가 예쁜 그림들로 채워졌다. 내가 그림을 샀는가? 아니! 내 구역에 초대도 없이 막 들이닥치는 사람들은 전부 다 크고 작은 그림 선물을 들고 왔다. 그럼 난 그 그림을 떼서 방부처리를 거친 뒤 액자에 넣고 레스토랑 벽면에 걸면 끝!

이렇게 총 4개의 컨테이너 위에는 각각 전에도 말했듯이 태양열 판넬과 그 이외로 큰 스피커를 달아 놓았고 정말 가끔 일어나는 축제 때 스피커를 통해 재생한 노래는 저택 컨테이너 위에 놓은 페달들로 조종한다. 그리고 저택은 지붕 위로 이동하기 편하게 특별히 컨테이너 지붕에 네모 형태로 구멍도 뚫었다.

내가 직접 꾸민 아지트. 필요한 물건들은 전부 고용주가 준 작업들을 완수하고 받은 돈으로 구했다. 내가 주로 받는 일들은 대부분 살인 청부 일이 많았고 청부 살인 대상들 또한 적대 관계의 일개 조직원이나 간부에, 모두 중범죄 전과가 있는 놈들이었기에 죄책감 없이 죽일 수 있었다. 그게 가장 중요했다 중범죄 전과가 있는가 없는가 이게 나한테는 가장 중요했다. 그 이유에 대해선 조금 뒤에 얘기하기로 하고, 초기에는 사채 일에도 투입되었으나, 수입이 너무 적었고 괜히 약한 사람들 위협해서 돈 뜯는 일은 도저히 내 적성에 안 맞아서 금방 그만두고 더 위험하고 죄책감 생길 일도 없는 고 수입의 일들을 받아 수행하면서 내 나름의 삶을 살기 시작했다. 주 목표도 전부 자기들과 비슷한 부류의 범죄자였기에 일하는데 지장이 가지는 않았고 작업을 제대로 수행하면 꽤나 두둑한 값이 주어졌기에, 그걸로 그간 돈 때문에 못했던 것 하나를 이뤘으니 바로 문신으로 오른팔에 있는 자상들을 가리는 거였다. 그렇게 자해로 인해 생긴 오른팔의 자상들을 숨기면서도 과거의 힘든 때를 잊지 않기 위해 자상과 비슷한 모양의 바코드 문신을 새기면서, 새로운 삶을 살면서 만족하려던 찰나 축제를 일으키게 된 일이 몇 번 있었다.

대학살 아닌 축제!

 축제가 일어나게 된 경위는 아지트에 누군가 떼거지로 몰려오면서 시작됐다. 날 고용해서 일을 주던 조직의 가장 강력한 라이벌 관계에 있던 또다른 조직이 나 하나 때문에 주요 조직원이나 간부들이 죽어 나가자, 이에 분을 참지 못하고 조직원들을 대거 거느리고 내 아지트에 불쑥 찾아온 것이었다. 어차피 날 좋게 상대하지 않을 거라는 걸 이미 알았기에 난 저택에서 축제 음악을 고른 뒤 모든 컨테이너 스피커를 통해 음악이 흘러 나오기 시작했다. 선곡은 신나는 디스코 음악! 앞으로 펼쳐질 축제와 딱 맞는 음악이었다. 음악이 시작되면서 조직원들이 모두 돌진 해오기 시작했다. 상대가 나 하나뿐이었기에 차고 온 흉기도 회칼이나 도끼 같은 예기로 진짜 제대로 방심한 것이었다. 난 저택 문을 열고 곧장 무기고 안으로 들어가 축제 준비를 한 뒤 밖으로 나와 신나게 축제를 즐겼다. 다른 참여객들도 신이 났는지 미쳐 날뛰기 시작했다. 그렇게 한 차례의 큰 축제가 끝난 뒤 난 현장을 수습하고 원래 참여객 이었던 것들을 고기 분쇄기로 옮기기 시작했는데 넣을 게 없어서 돈 주고 산 동물 고기 외에는 텅 빈 채 전기만 축내던 냉동고가 꽉 찰 정도였고, 고기 분쇄기 또한 정말 오랜만에 열일 하면서 뜨거워지는 지경까지 다다랐다. 그 축제 이후 한번의 쇼가 있었다. 선곡은 영화 〈사랑은 비를 타고〉 속 〈난 빗속에서 노래하네〉라는 곡으로 음악에 맞춰 영화 속 장면을 재현했었다. 비 색깔이 좀 다르긴 했지만. 아무튼 한 차례의 큰 축제 이후로는 한동안 식량 걱정할 필요는 없었다. 거기에 더해 레스토랑 벽에 장식할 그림들도 늘어났다. 사냥감이 가진 희귀한 가죽을 벗기고 방부 처리하고 액자에 넣어서 레스토랑 벽에 걸고, 뭐 이런 식으로 장식했다. 그 축제는 나에게 있어 모든 것을 충족시켜 주었고 그때의 나는 뭣 하나 막을 수 없는 존재인 줄 알았다. 과거의 한 인연을 만나기 전까지는 말이다. 과거의 인연 얘기를 꺼내자 집중해서 듣고 있던 그녀가 말을 끊으며 말했다. "네? 과거의 인연? 그동안의 얘기 해주신 거에선 예상되는 사람이 전혀 없는데." "너무 걱정하지 마세요. 지금부터 얘기해드리죠. 아마 여기서부터 선생님께서 흥미 있을 만한 얘기가 나올 거 같네요." 내가 잠시 잊고 있었던 과거의 인연과 다시 만난 건 축제 이후 아지트를 깨끗이 정리하고 얼마 안 되어 만났는데 내가 누나와 다시 만날 거라곤 상상도 못 했다. 재회 당시 상황에 대해선 내가 좋아하는 것에 대해 살짝 말해야 하는데 내가 좋아하는 건 직접 사냥하고, 도축한 고기와 같이 곁들여 마시는 음료로 펩시콜라가 있는데 정말 좋아한다. 물 다음으로 많이 마신다고 말할 수 있을 정도로. 아무튼 다시 누나와의 재회 때 얘기로 돌아가면 그때 나는 고용주로부터 보급받은 펩시 콜라 상자와 함께 기분 좋게 저택으로 들어가 냉장고에 콜라를 채우고 TV와 소파가 있는 거실 쪽으로 고개를 돌렸을 때 소파에 누워있던 누나를 보고는 정말 놀라 뒤집어지는 알았다. "안녕 다행히 잘 지내고 있었네?" "누나? 여긴 어떻게 알고 오셨어요?" "어떻게 알긴 누나가 자기 새끼처럼 대하던 애기가 어디 있는지도 모를까? 근데 너도 많이 컸는데 나한테 연락 한번 못할 만큼 바빴어?" 나만 느끼는 누나의 카리스마에 난 잔뜩 쫀 채 변명을 이어갔다. "네. 정말 죄송해요 워낙 바빴거든요." 하지만 내 변명이 너무 가소로웠는지 누나는 소파에서 일어나며 말했다. "그래도 최소한 안부 정도는 전할 수 있었을 텐데? 난 계속 보육원에 있을 때도 계속 연락하고 가끔 찾아가기도 했었는데." "하지만 한 번밖에 안 오셨잖아요." "시끄러워! 말 끊지 마! 넌 한 번이라도 찾아갔어? 어느 순간 연락이 끊겼어. 원장님도 네가 어떻게 지내는지 모르시더라고. 원장님께 들었는데 마지막에 엄청 화려하게 사고 한번 치고 쫓겨나듯이 보육원에서 나왔다 하더라. 근데 나도 모를 만큼 혼자 살기로 했어? 내가 싫어진 거야?" 사회로 나가면서 워낙 파란만장한 삶을 살아가면서 누나의 존재를 거의 잊어버리다 싶었던 과거의 나에게 엄청난 죄책감이 몰려왔고, 난 울먹이면서 누나한테 안겼다. "정말 죄송해요! 누나! 이젠 절대로 안 잊을게요!" 누나는 울먹이면서 달려 온 덩치 하나를 내치지않고 보듬어주면서 이게 좀 심해지자 바로 제지했다. "알았어. 괜찮아, 내 새끼. 근데 이제 좀 마음 좀 추스를까? 애기야? 그만 뚝!" 누나의 불호령의 난 금방 흘리던 눈물을 멈췄다. "사랑하는 우리 애기. 누나 부탁 좀 들어줄래? 누나가 요즘 몸이 좀 아파오거든." 몸이 아프다는 누나의 말에 난 곧바로 누나 말을 자른 채 일어나며 말했다. "저 돈 많아요! 누나!" 하지만 누나는 곧장 내 말을 끊으며 진짜 부탁에 대해 말했다. "아니, 난 지금 너한테 돈 달라는 게 아니야. 아프다는 건 그냥 내가 그렇다는 거고 부탁 듣기도 전에 나가려고? 지금 내가 여기 오는 데 시간이 좀 걸렸거든 그래서 그런지 좀 힘드네. 배도 좀 고프고. 며칠 동안 제대로 뭘 못 먹었어. 네 소재를 알려준 사람이 그러는데 네가 먹을 밥은 네가 직접 지어서 먹는다며? 완전

다 컸어, 우리 애기? 그래서 말인데 먹을 거 좀 줄래?" "알겠어요. 그럼 여기서 조금만 기다려 주실래요? 금방 만들어서 부를게요." 누나의 부탁을 들은 나는 곧바로 알았다 한 뒤 조금만 기다려달라 한 뒤 고기 분쇄기 컨테이너로 미친 듯이 뛰어 들어갔다.

  내가 잠시 잊고 있었던 과거의 인연은 나와 4살 터울의 누나였다. 어쩌면 당연히 친남매는 아니지만 그럼에도 내가 그분을 누나라 부르는데 그치지 않고 어떤 때는 엄마라고 부르기도 했는데 이를 설명하기 위해서는 누나와 처음 만났을 때로 거슬러 올라가야 한다. 누나는 내가 보육원에서 제대로 걷지도 못할 만큼 어렸을 때 처음 봤고 누나도 나처럼 특이한 성격 때문에 또래 애들 사이에서 이상한 아이로 낙인 찍혀 외톨이로 지내다 나를 만나면서 처음으로 타인과 교류하게 되었다. 그 뒤로 누나가 만 18세가 되어 보육원에서 퇴소할 때까지 10년도 넘는 인연이었으니까. 그리고 엄마라 부르게 된 것도 어린 유아 시절부터 내가 유독 누나를 따랐고 누나 또한 그런 날 애기 대하듯이 대하면서 어린 시절의 나는 그때 누나를 엄마로 생각하면서 엄마라고 옹알이까지 하게 되면서 유래했다. 물론 이건 둘만 있을 때 가끔 애칭으로 부를 때만 해당되고 평소에는 주변 사람들한테 오해를 살까 봐 그냥 누나라고 불렀다. 근데 과거의 나와 누나의 관계는 내가 너무 과하다 싶을 정도로 누나한테 의존했던 관계였고 그런 우리를 보고 사람들은 고아 둘이서 가족 놀이 한다면서 놀려댔지만 나도, 누나도 그딴 건 신경 쓰지 않았다. 하지만 누나는 자기한테 과하게 의존하는 내가 시간이 지나면 지날수록 점점 부담스러워했고, 난 그런 누나를 이해 못했었다. 그러다 누나가 전격적으로 나를 동생으로, 친자식처럼 예뻐하게 된 계기가 있었는데 누나의 고등학교 시절 때였다. 누나가 다니던 학교에 한 번 찾아갔던 중학생 시절의 내가 본 광경은 상급생들이 누나한테 집적거리는 상황이었다. 당연히 난 곧장 달려가서 누나를 구해내고 싶었으나, 그때의 나는 지금처럼 무서운 요주의 인물이 아닌 그냥 작고 어린 애새끼였다. 그렇게 난 누나한테 집적대던 상급생들한테 신나게 두들겨 맞았지만 그 와중에도 누나를 지키고 싶었었는지 일진 상급생 다리를 붙잡고 늘어지고 물기까지 하면서 버텼다. "우리 누나 괴롭히지 마요! 제발…." 진짜 그때 자칫했으면 맞아 죽을 뻔한 지경까지 갔을 때 결국은 누나가 내 앞에서 직접 막으려 하자 그것들도 지쳤는지 결국 돌아갔고 완전히 작살 나버린 날 보던 누나는 그 자리에서 울음이 터진 채 날 끌어안으면서 말했다. "미안해 아가야, 진짜 누나가 너무 미안해. 얼른 나랑 같이 보건실 가자. 내가 부축해 줄게." 그 일 이후에 누나가 날 대하는 태도도 많이 바뀌었다. 내가 틈만 나서 누나한테 안기면 누나는 그냥 내 머리를 쓰다듬어주고, 뽀뽀해주고, 진짜 자기 자식 예뻐하는 엄마처럼 날 대했다. 그렇게 애기 때부터 누나랑 쭉 같이 살 거라던 내 바람이 이뤄지는 거 같았지만 세상은 그런 마음 가진 날 전혀 몰라줬다. 몇 달 뒤. 20살의 누나는 보육원에서 퇴소 해야 했고, 그렇게 나랑 누나는 찢어졌고, 그 뒤로 가끔 찾아와서 나랑 도란도란 얘기하면서 시간도 보냈지만 보육원 퇴소 이후 어떤 삶을 살았는지는 전혀 모른 채로, 나도 나대로의 큰 사건 사고들을 겪고, 험한 삶을 살면서 잠시 누나의 존재를 잊었었다.

다시 시점을 누나와의 재회 순간으로 돌려서 예상치 못한 재회와 누나의 부탁으로 고기 분쇄기 컨테이너로 들어간 나는 숨을 한번 고른 뒤 냉동고에 보관하고 있던 고기들 중 가장 위에 넣어두었던 소고기를 꺼낸 뒤 스테이크로 굽고 내가 할 수 있는 모든 준비를 다 한 뒤 레스토랑까지 싹 청소한 뒤 저택에서 기다리고 있던 누나를 불렀다. "누나, 오래 기다리셨죠? 준비 다 됐어요." 그렇게 레스토랑 컨테이너로 온 누나에게 소고기 스테이크를 대접

하면서 정말 오랜만에 둘만의 대화가 몇 개 오가면서 그동안의 누나가 어떻게 생활해 왔는지도 들었다. "죄송해요. 누나 오실 줄 알았으면 일찍이 깨끗하게 청소하고 저도 좀 단정하게 했을 텐데." "괜찮아 나도 갑자기 찾아온 거니까." "근데 그동안 누나는 어떻게 지내셨어요? 많이 힘드시지 않았나요?" "왜 궁금해? 너는 조금 듣기 그럴 텐데." 그렇게 누나가 들려준 얘기는 들어보니 왜 내가 듣기 그러했는지 알 수 있었다. 보육원을 나온 뒤의 누나도 나랑 비슷하게 어디 오갈 데 없는 상황이었고 결국에는 내가 곧장 달려가 잘라버리고 싶은 못된 손길이 여러 번 누나를 유혹했고 이제 막 성인이 되면서 사회에 대해 잘 모르는 누나 또한 어두운 길로 빠지면서 굉장히 안 좋은 일을 여럿 보고, 직접 겪기도 했다고 말해줬다. "근데 저기 건 그림은 누구 거야? 되게 예쁘네." 한참 자기 얘기를 해주다가 던진 누나의 질문은 레스토랑 벽에 걸린 그림이었다. 그림에 출처에 대해 누나가 알게 되면 기겁할까 봐, 난 최대한 빙빙 돌려가면서 말했는데. 누나는 이미 다 알고 있다는 듯이 말했다. "아가. 누나가 네가 여기 있는 줄 어떻게 알았을까? 내가 완벽하게는 아니지만 네가 지금 보육원 나온 뒤에 어떤 삶을 살고 지금은 어떤 일을 하고 있는지는 나도 어느 정도는 알고 있어." "정말 죄송해요. 이 얘긴 별로 알지 않으셨으면 했는데." "왜 누나가 무서워서 널 떠날까 봐?" 정말 누나는 내 머리 위에 있는지 내가 어떤 생각을 하고 있는지 다 알고 있었고, 그런 누나는 내 볼을 꼬집으면서 말했다. "사실 누나가 너 찾아온 이유는 되게 많은데 애기가 보고 싶기도 했고. 근데 지금 누나 상태는 그냥 노숙인이야 원래 지내던 곳이 있기는 했는데 거기선 도망쳐 나온 거고 그 뒤로 다시 오갈 데 없는 상태로 돌아왔어. 그래서 말인데." 난 누나 말을 끊으면서 내가 말하고 싶었던 부탁을 말했다. "누나, 저랑 같이 살지 않으실래요?" 이에 대한 누나의 반응은 처음엔 조금 당황했지만 금방 긍정적으로 변했다. "아… 그 말 내가 하려 했는데 네가 먼저 했네. 그럼 지금부터는 너 사는 데 뭐가 조금 달라질 거 같네." 그렇게 해서 내가 완전히 잊고 있었던 유일한 가족을 다시 만났고 그 뒤로는 가족과 헤어지지 않았다. 가족으로 다시 만나게 되면서 듣게 된 얘긴데 누나도 나랑 떨어져 있는 동안 별별 일을 다 겪었다고 말했다. 돈 때문에 했던 검은 일에 속으면서 집단 성폭행까지 당했으며 이 때문에 그 소굴에서 도망쳐 온 거라 했다. 뭐 가해자들이야 누나를 건드린 거에서 좋은 최후를 맞이하지는 못했다고 한다. 전부 칼에 성기가 난도질당했는데도 죽지 못했다 하니. 이 대목에서 내가 왜 누나한테 기댐과 동시에 무서워하는지가 어느 정도 이해될 수 있을 것이다.

　잊었던 가족과의 재회와 동거 이후의 삶은 달라진 점이 하나 있긴 했다. 예전엔 고용주로부터 작업 건수를 받으면 그에 대한 준비를 하고 곧장 작업에 착수, 목표를 암살하고 그에 맞는 돈을 받았다. 이때 준비 현장에서 누나가 있게 되었는데 가끔씩 누나가 던지는 농담에 식겁할 때가 많았다. 내가 모든 작업 준비를 마치고 일하러 나가는 길에 던지던 농담. "근데 가끔 볼 때마다 너 되게 내 남편 같아. 난 너 와이프고." "네? 누나 웃으려고 한 말이죠? 나 당황하는 거 보려고!" "어, 맞아. 잘 다녀와." 이때 누나가 던진 농담이 진짜 농담인지 진담인지 헷갈리기 시작할 때가 있었으니 시간이 지나면서 누나한테 몇 가지 변화가 생기면서였다. 시간이 지나면서 자는 시간이 더 늘어나고, 식욕도 첫 재회 때 이후로 조금 왕성해진 거 같았다. 그리고 이런 변화에 대한 궁금증은 누나가 금방 해소해줬다. 누나가 내 궁금증을 해소해줄 때는 이상하다 생각될 정도로 작업 요청이 안 들어왔다. 그래서 그냥 편히 저택 컨테이너 속 소파에 나자빠진 채 TV를 보고 있을 때 침실에서 자고 있는 줄 알았던 누나가 밖에 나갈 준비를 한 건지, 옷을 갈아입고, 내 아지트로 올 때 끌고 온 캐리어를 끌고는 밖으로 나가려 했다. "잠깐만, 누나 어디 가요? 캐리어는 왜 끌고?" 그때 누나는 뭔가 숨기는 게 있었는지 되게 조심스러운 말투로 말했다. "어? 그게 예전에 있었던 데로 돌아가게." 너무도 갑작스럽게 떠나겠다는 누나의 말에 나는 깜짝 놀라 소파에서 일어나며 말했다. "네? 누나 어딜 돌아가요? 예전에 있었던 데서 도망 나오셨다면서요? 근데 왜 거기로 다시 돌아가요? 네?" 내 말을 들은 누나는 더 이상 숨기기 싫었는지 자기가 떠나려는 이유에 대해 말해줬다. "그게 얼마 전이었어. 넌 일 가고 없을 때 임신 테스트를 했어. 요새 잠도 많아지고 식욕도 너무 강해진 거 같아서. 그래서 해봤는데 두 줄이 나오더라고." 갑작스러운 누나의 임신 소식에 나는 굉장히 당황했다. 나는 한 번도 누나를 이성으로 생각하지 않고 누나나 엄마로 생각했으니까. "네? 갑자기요? 근데 저는 누나랑 한 번도 관계 맺은 적이 없는데요? 혹시 잠결에 그랬나요?" "아니야, 진정해. 너 때문이 아니야. 내가 예전에 있었던 곳에서 여러 험한 일을 많이 보고 직접 겪기도 했다 했잖아. 아마 그 험한 일 당하면서 그렇게 된 거 같아. 지금 이 상태에서 너한테 또 짐 얹기는 싫어. 그래서 아빠로 추정되는 놈들한테 가서 말할 거야. 책임지라고." 누나의 태도는 굉장히 강경했지만 나는 누나가 또 피해입는 건 보기도 듣기도 싫었다. 우선 누나를 설득했다. "잠깐만요 누나! 가지 마요. 거기서 도망쳐왔다 했잖아요. 그럼 다시 돌아왔을 때 그 새끼들 태도가 어떻겠어요? 누나가 아무리 밀어붙여도 신경도 안 쓸 거예요. 그리고 제가 한 일이 아니어도, 지금 하고 있는 일이 좋은 일이 아니어도, 책임질 수 있어요. 지금 누나가 가진 애가 남자애인지 여자애인지는 모르겠지만. 아빠 역할 정도는 충분히 맡을 수 있어요. 아, 아빠가 아니라…. 형? 오빠? 아니지 외삼촌이요. 외삼촌 역할로 도와줄 수 있어요. 그니까 제발 어딘지도 모르는 거기로 다시 돌아가겠다는 생각은 말아주세요. 제가 어렸을 때는 누나가 절 보육원 교사님들 보다도 더 많이 돌봐주셨잖아요. 저도 그런 누나를 엄마처럼 따르고, 그때 제가 누나한테 받은 은혜 갚는다 생각하시고 한 번만 다시 생각해주세요." 그때의 나도 굉장히 간절하면서도 나름 내 주장을 강하게 말했다 생각했다. "근데 정말 괜찮겠어? 괜히 너한테 또 짐이 되긴 싫어. 여기서 처음 만나서 나랑 같이 지내겠다 했을 때도 짐이 되는 거 같아서 좀 미안했는데." "아니에요, 누나. 누나가 강요한 게 아니라 제가 다 선택한 거잖아요. 누나랑 같이 지내고 싶다고 한 것도 저고, 지금 누나가 가진 아이 책임지겠다고 말한 애도 저예요. 그니까 미안한 마음이나 자기 짐 될 거란 생각도 하지 마요. 네?" 그렇게 해서 쉽게 꺼내지 못했던 누나의 비밀을 알게 된 나는 멀어지지 않고 오히려 더 돈독해지고 싶었고 그렇게 됐었다. 내 고용주가 잘못된 선택을 하기 전까지는 말이다.

누나가 말 못한 비밀을 털어놓고 나와 누나의 관계는 더 돈독해지나 싶었지만 나한테 또 다른 한 가지 의문점이 생겼었는데 바로 작업 요청이 이상하다 싶을 정도로 안 들어왔다는 거였다. 뭐 그렇다고 돈이 부족해지지는 않아서 생활하는 데 불편함은 없었기에 그냥 단순히 의문을 가진 정도에서 끝냈지만 얼마 안 가 내 아지트로 누군가 떼거지로 몰려왔었다. 멀리서 망원경으로 봤을 때 내 고용주가 보낸 건 아닌 거 같았다. 차를 몰고 온 놈들이 내려서 생긴 걸 확인해보니 전부 검은 양복 차림에 마스크로 얼굴을 가리고 있고 손에 예기를 들고 있는 걸 보니. 확실히 내가 반길 상대들은 아니란 걸 금방 알아챘다. 일단 난 누나에게 호신용으로 쓸 네일 건을 주면서 말했다. "누나, 잘 들어요. 이거 총처럼 쏘면 되거든요? 제가 여기 다시 오기 전까진 절대로 밖으로 나오지 마요. 알았죠?" 누나에게 최소한의 방어 시설을 구축하기 위해 컨테이너 입구를 큰 가구로 막았고, 곧장 가죽 재킷을 입고 호신용 사제 총기를 맨 채 지붕 위 공간을 통해 밖으로 나갔다. 밖으로 나오는 날 보자마자 한 놈이 큰 소리로 외쳤다. "저놈 맞지? 당장 죽여버려!" 날 죽인다는 말을 듣자마자 컨테이너 지붕에서 뛰어내린 뒤 한 놈을 쏴 죽였다. 내가 제작한 총에 맞은 놈은 급소를 맞았기에 당연히 그 자리에서 죽었고, 자기들 인원 하나가 총에 죽는 걸 본 놈들은 잠깐 당황했지만 총기의 엉성한 모습에 제식 총기가 아닌 사제 총기인 걸 바로 알아차려 떼거지로 공격 해오기 시작했다. 나도 총이 단발 형식이기는 했지만 다시 쏘려면 시간이 좀 필요했기에 곧장 무기고 컨테이너 뒤로 숨어 재장전한 뒤 무리 중 한 놈을 또 맞췄다. 하지만 떼거지로 달려왔다 했듯이 다수와 상대하기엔 부적합한 총기에 무기고로 들어갈 틈도 주지 않았기에. 손에 쥔 사제 총기는 바로 몽둥이로 썼고 쓰러뜨린 놈이 갖고 있던 예기를 주워 불청객들을 상대했다. 이런 방법으로 불청객들을 전부 처리한 나는 곧장 누나가 있는 저택 컨테이너로 달려갔는데 입구는 누군가가 침입했는지 문이 부서져 있었다. 내가 바로 저택 안으로 들이닥쳤을 땐 누나가 저택으로 처들어온 불청객 하나를 상대하고 있었는데 침실 쪽에 숨어있었지만 움직이는게 힘들었던 누나가 불청객 새끼한테 그대로 목이 졸려졌으나 내가 준 네일 건으로 다리를 쏜 듯했다. 나는 바로 저택으로 처들어온 마지막 불청객을 총으로 계속 후려 쳐 쓰러뜨렸는데 얼굴이 굉장히 낯이 익었다. 내가 고용주에게 일을 받으러 갔을 때 가끔 마주쳤던 얼굴이었다. 난 곧장 쓰러트린 놈 멱살을 잡은 채 소속에 대해 물었다. "좋게 말로 할 때 답해라. 너 내 고용주 밑에 있던 놈이지? 네가 왜 나 죽이겠답시고 처들어온 거야? 도대체 뭐가 어떻게 된 거냐고!" 내가 계속해서 말하라 협박하자 결국 입을 열어 얘기해주니 내 고용주와 적대 관계였던 조직 두목이 내 고용주에게 접근한 뒤 굉장히 솔깃한 제안을 했는지, 나와 고용주 사이를 이간질한 건지 날 없애야 한다 꼬셨고 그대로 넘어간 고용주는 피고용인인 나를 없애고자 내 아지트로 사람들을 보낸 것이었다. 그렇게 사건의 전말에 대해 알게 된 나는 진실을 말해 준 대가로 마지막 불청객은 들고 있던 총으로 머리를 쏴 고통 없이 보내줬다. 모든 불청객들을 처리한 나는 바로 누나의 상태를 확인했다. "누나 괜찮아요? 어디 아프거나 한 곳은 없어요? 목 상태 좀 보게 병원부터 가요." 겉으로 본 누나의 모습은 그렇게 큰 외상은 없어 보였지만 혹시나 하는 마음에 불청객들이 타고 온 차를 뺏어 탄 뒤 가장 가까운 병원으로 향했다.

아지트가 워낙 외진 곳에 있었기에. 병원까지 가는 데 차를 타도 시간이 좀 걸렸고 가는 도중에 누나는 어딘가 아픈 곳이 있는지 나에게 말했다. "애기야, 나 지금 좀 아파." "조금만 기다려 주세요. 지금 병원으로 가는 중이니까 아까 내가 봤을 때 그 망할 놈이 누나 목 조르고 있었는데. 죽이려고 했을 테니까 엄청 세게 졸랐을 거예요." 하지만 누나는 다른 곳이 아프다고 했다. "아니야, 나 지금 목보다는 배 쪽이 더 아파." 배가 아프다는 누나의 말에 난 순간 놀랐다. "네? 배요? 알겠어요. 조금만 버텨주세요. 최대한 빨리 가고 있으니까." 하지만 누나는 자기의 끝을 이미 알고 있다는 듯이 병원으로 가는 동안 뭔가 조짐이 나쁘다는 식의 말을 하면서 이후의 내가 내릴 선택에 대해 말하기 시작했다. "근데 나 병원에 가면 괜찮아질까?" "당연히 지금보다는 괜찮아지실 거예요." "애기야… 나 아무래도 병원까지 못 갈 거 같아." "제발… 누나 이제 거의 다 왔어요, 조금만." "혹시 내가 병원에 도착 못 했을 때 네가 어떤 뭔 짓을 할지 모르겠어. 찾아온 사람들 상대로 복수하겠다고 할지. 아니면 날 따라올지." "제가 내릴 선택은 누나가 빨리 괜찮아지게 하는 거예요. 그러니까 제발 그런 말 하지 마요." 계속 불길한 얘기를 하던 누나는 자기가 죽으면 그 뒤 내가 어떤 선택을 했으면 좋을지 말했다. "근데 나는 우리 애기가 어떤 선택을 하든 다 괜찮아. 네가 어떤 선택을 하든 누나는 항상 네 편이니까." 누나의 말이 끝나갈 때 즈음 병원 응급실에 도착했고. 난 곧바로 조수석에 탄 누나를 부축해 움직였고 이 모습을 본 응급대원들은 곧장 누나를 들것에 실은 채 응급실 안으로 들어갔다.

  응급실에서의 시간은 정말 내가 그동안 살아오면서 느낀 여러 순간들 중 가장 느렸다. 그리고 내가 굉장히 오랜 시간이 지났다 느꼈을 때 수술실에 계셨던 의사 선생님께서 나오셨고 의사 선생님께서 전하신 말은 뭐였을까? 대략 예상이 가지 않는가? 챕터 제목이 '괴물의 각성'인데? 의사 선생님이 전해 주신 말은 당연히 예상하고 충격에 준비까지 했지만 충격을 안 받을 수 없었다. 누나는 정말로 자기가 죽을 거란 걸 예상 하고 있었던 걸까? 그렇게 내 평생의 유일한 가족이라 말할 수 있었던 누나는 죽었고 뱃속의 아이까지 누나를 따라갔다. 누나가 죽었다는 소식이 닿을 사람은 아무도 없었다. 너무 갑작스럽기도 했고, 마땅히 소식 닿을 만한 곳도 없었다. 이제 내가 의지할 수 있는 곳은 아무 데도 없다는 생각에 난 오히려 아무런 감정이 느껴지지 않았다. 화가 난 건지, 뭐가 어떻게 된 건지 아무것도 모르는 상태에서 수술을 집도한 의사가 보호자인 날 찾는 듯했지만 그때의 난 무언가에 씌인 듯이 유일하게 이 사태를 대신 수습해 줄 수 있을 거라 떠올린 보육원 원장 선생님의 전화번호가 적힌 종이 쪼가리만을 남긴 채 이미 병원 응급실을 떠난 상태였다.

마지막 축제

 돌아온 아지트는 살아있던 누나와 함께 잠시 떠났을 때 모습 그대로였고 심지어는 죽은 시체들조차 그대로였다. 아마도 아지트가 너무 외진 곳에 위치하다 보니 소식이 오가는 데도 시간이 좀 걸리는 듯했다. 그렇게 저택 컨테이너로 들어간 나는 소파에 앉아 잠시 생각에 잠겼다. 어떤 생각에 잠겼을까? 누나의 죽음 이후 내가 내릴 선택에 대해 고민하고 있었던 걸까? 아니다. 내가 내릴 선택은 누나의 사망 얘기를 듣자마자 이미 생각해놨다. 그저 생각한 선택을 어떻게 실행할지 고민하느라 생각에 잠겼던 거지. 그렇게 내가 내린 선택에 필요한 계획을 실행하기 위해 난 가죽 소재의 장갑과 옷으로 갈아입고, 무기고 컨테이너로 위치를 옮겼다. 그곳에서 내가 내린 선택에 필요한 물건들을 챙기기 시작했다. 일전에 축제 때 쓰던 화염방사기와 사제 총기 한 자루 그리고 사제 폭발물과 화염병을 큰 가방에 담아 챙긴 뒤 고기 분쇄기 컨테이너에 있던 중식도와 발골칼까지 차에 실은 뒤 마지막으로 핸드폰으로 경찰에 전화를 걸었다. "안녕하세요. 112입니다. 무슨 일이신가요?" "혹시 핸드폰 위치 추적 되나요? 제가 있는 곳으로 좀 와 보셔야 할 거 같은데." 좀 싸가지 없는 말투로 말했던 게 전화 받았던 경찰분께는 좀 죄송하지만 나는 그냥 내가 있는 곳에서 벌어진 일들에 대한 힌트를 주고자 그 한마디만 하고는 전화를 끊은 뒤 차로 이동했다.

 아지트를 영영 떠난 다음으로 내가 찾은 곳은 과거 오른팔에 바코드 문신을 새겼던 시술소였다. "안녕하세요, 오랜만입니다." "네, 오랜만이에요. 다름이 아니라 문신 몇 개만 더 새기려고요. 그렇게 부탁하여 새긴 문신은 총 2개로 하나는 전에 오른팔에 새겼던 바코드 문신 밑에 숫자를 새겼는데 누나 생년월일로 새겼다. 그리고 다른 하나는 왼쪽 눈 밑에 작게 속이 비어있는 눈물 문신이었는데 이것이 의미하는 것은 내가 내린 선택과 깊이 관련되어 있었다. 그렇게 모든 준비를 마친 나는 다음 장소로 이동했다.

다음 장소는 사실 깜빡한 준비물을 챙기기 위해 가는 것이었는데 바로 방독면. 원래 사도 되기는 하지만 경찰에도 신고해서 날 추격하게끔 했고 복수를 선택했을 때 방독면을 구하기엔 시간이 너무 많이 소요되어 방독면이 있을 법한 곳으로 향했으니 바로 지하철역이었다. 지하철역에 도착했을 때 시간은 늦은 밤이어서 사람이 없었고 슬슬 셔터도 닫힐 시간이었다. 지체할 시간이 없었던 나는 지하철역에서 당직 근무 서고 있는 직원 한 명을 부른 뒤 방독면이 담긴 곳 앞에 선 채 말했다. "이거 혹시 돈 드리면 잠깐 빌려주실 수 있나요?" 말 같지도 부탁에 직원은 당연히 안된다고 말했지만 나는 반드시 이게 필요했다. "그럼 만약 제가 그쪽을 기절시키고 이걸 훔치면 모든 잘못은 저한테 묻겠죠?" 말을 끝냄과 동시에 나는 주머니 속에 넣어 놓은 고춧가루를 던져 직원의 시야를 차단하려 했다. 하지만 갑작스러운 고춧가루 테러에 직원은 당연히 조용히 쓰러지지 않고 소리쳤기에 깜짝 놀란 나는 일단 급한 대로 직원의 목을 뒤에서 졸라 기절시켰다. 다행히 금방 기절하여 현장은 조용해졌고 나는 가방 속에 있는 물병을 꺼내 쓰러진 직원 눈에 물을 부어주며 혼잣말로 중얼거렸다. "아이고, 죄송합니다. 일단 물로 눈 씻겨 드리긴 할 텐데 일어나시면 화장실 꼭 가서서 씻으세요." 그렇게 방독면까지 확보한 나는 다음 장소로 황급히 자리를 떠났다.

바로 내 고용주가 있던 건물. 우선은 건물 근처에서 밤이 깊어질 때까지 조금 기다렸다. 차 안에서 깜빡 잠이 든 내가 황급히 깨어 건물 안으로 들어갔지만 내 건물 안에는 아무도 없었다. 난 고용주의 사무실 벽 가운데에 걸려있는 글귀를 유심히 쳐다봤다. '힘들 때 웃는 자가 일류다.' 뭔가 형용할 수 없는 생각에 잠시나마 잠겼던 나는 속으로 말한 뒤 사무실을 뒤지기 시작했다.

'힘들 때 웃는 자가 일류다…. 웃기고 있네 힘들 때 웃는 건 일류가 아니라 실성한 거지.' 사무실을 뒤지면서 금고 하나를 발견했는데 어차피 금고 자체가 그리 튼튼하지 않은 보여주기식에 조용히 딸 수는 없었기에 메고 온 가방 속 폭발물을 붙인 뒤 터뜨려 금고를 열었다. 금고 속에는 금이나 현금도 있었지만 그것들보다 내 눈에 들어온 건 5발짜리 리볼버 권총 S&W M36 한 자루와, 내 고용주와 적대 조직간의 밀지 였다. 나는 만일의 상황에 필요할까 봐 권총을 주머니에 챙긴 뒤 밀지 내용을 자세히 들여다보기 시작했다. 아마 내 아지트에 보낸 사람들에 의해 내가 죽었을 거라 생각했는지 챙기지 않고 그냥 금고에 넣어둔 듯 했다. 하지만 아직 죽지 않았던 나는 밀지 속 고용주가 적대 조직과 제휴 관계를 맺으면서 혹시나 하는 마음에 은신처를 제공받았는데 은신처 위치가 밀지 끝부분에 비스듬히 적혀있었다. 그렇게 해서 치명적인 실수를 저지른 내 예전 고용주의 뒤를 거의 다 밟은 나는 지체할 거 없이 바로 밀지 속 기재된 장소로 이동했다. 그리고 그 때부터였다. 내가 조금씩 웃기 시작했던 게.

도착한 장소는 내 아지트처럼 도시에서 꽤나 떨어진 곳에 위치했지만 규모는 큰 건물 몇 채가 모여있는 구조였다. 과연 저 건물들 중 내 예전 고용주였던 배신자 새끼는 어디에 숨어있을까? 그 자식을 찾기 위한 방법은 그냥 건물들을 전부 뒤지는 수밖에 없었다. 우선 은신처에서 조금 떨어진 곳에 차를 댄 뒤 화염방사기 연료통을 등에 매고, 폭발물이 담긴 가방은 앞으로 매고, 첫 건물 안으로 들어갔을 때 경비를 서는 것으로 보이는 조직원들 몇 명이 보였는데 최대한 조용히 건물 안을 돌아다니다 마주친 놈은 차 오일 필터 끼운 사제 총기로 최대한 조용히 죽여가면서 배신자를 찾았지만 배신자는 없었다. 그렇게 허무하게 다른 건물로 향하려던 내 머리 위에 전구가 번뜩였다. 모든 건물에 들어가서 건물 속을 전부 헤집고 다니면서 배신자를 찾는 거 보다는 그냥 건물들을 불에 태워 박살 내버리면 화마에 못 이겨서 기어 나올 텐데. 그렇게 순간 번뜩인 아이디어를 실행에 옮기고자 각 건물들의 전기실에 들어가 주요 기관에 원격으로 터뜨릴 수 있는 폭발물을 심고 다른 건물로 옮겨서 또 심고 이 행동을 반복하며 모든 건물에 폭발물을 심었다. 그리고 현장에서 조금 떨어진 뒤 기폭 장치를 눌렀다. 그러자 건물들에서 몇 차례 큰 폭발이 일어나며 어떤 건물 하나는 무너져 내리기까지 했다. 비록 한 건물은 불발되어 멀쩡했지만 그건 중요하지 않았다. 폭발이 일어남과 동시에 난 방독면을 쓴 채 폭탄이 불발되어 멀쩡한 건물로 들어가 그곳에 있는 조직원들은 허리에 차고 있는 중식도와 발골칼로 무참히 도륙하며 배신자를 찾았지만 배신자는 없었다. 그렇게 건물 밖으로 나와 폭발로 인해 아수라장이 된 다른 건물들에선 수많은 조직원들이 불길을 피해 나오기 시작했다. 나는 그때를 놓치지 않고 밖을 나오는 조직원들을 화염방사기로 굽기 시작했다. 얼마나 많은 조직원들을 구웠을까? 한참을 마지막 축제 열기를 올리고 있을 때 어떤 건물에서 어딘가 굉장히 반가운 얼굴 하나가 나오는 걸 목격했으니 바로 내가 그토록 찾던 배신자였다. 난 곧장 배신자 턱을 주먹으로 있는 힘껏 가격해 기절 시켰고 기절한 배신자는 내가 직접 멀쩡한 건물로 옮겼다. 가는 길에 눈에 보이는 모든 조직원들을 다 구워 가면서. 건물 안으로 들어가 최대한 조용히 단둘이 있을 만한 곳을 찾다 한 방을 찾아 들어간 뒤 문을 닫은 뒤 손잡이에 의자를 걸어놨다. 배신자가 일어날 때까지 기다렸는데 생각보다 늦게 일어났고 그러는 와중에 창문을 통해 본 밖은 그야말로 아수라장이었지만 내 모든 삶을 앗아간 것들이 인간이 느낄 수 있는 최악의 고통에 미쳐 날뛰는 모습을 보니 너무도 행복했다. 그렇게 바깥의 아름다운 풍경을 보고 있을 때 배신자가 정신을 차렸는지 머리를 부여잡았다. "아으. 여기 어디야." "어디긴 어디야. 우린 지금 지옥 바로 앞에 있어요." 방독면을 쓰고 있는 나를 본 배신자는 내가 누군지 못 알아차렸는지 그저 놀라며 나에 대해 물었다. "뭐야! 너 누구야, 바깥엔 뭔 지랄이야?" 난 친절히 방독면을 벗어 정체를 밝혔다. "안녕하세요, 고용주님? 오랜만이죠?" 내가 살아있을 줄은 꿈에도 몰랐는지 배신자는 횡설수설하기 시작했다. "너 살아있었구나. 우선 미안하다 해야겠지? 정말 미안해 나도 어쩔 수 없었어. 너도 잘 알잖아? 안전하게 살기 위해서는 모든 해야한다는 거 말이야." 난 그저 부자연스러운 미소와 함께 질문을 던졌다. "뭐 하나만 물어보자. 혹시 예전 당신 사무실 벽 한가운데에 걸려있던 글귀 기억해요? 힘들 때 웃는 자가 일류라고. 웃기고 있네. 힘들 때 웃으면 그건 그냥 실성한 거죠. 지금 나처럼. 당신은 분명 모두가 피해입지 않을 선택을 할 기회가 있었어요. 만약 당신이 내가 위험하다 판단했으면 더 이상 함께 할 수 없겠다 말 한마디만 해주고 보냈으면 난 누나랑 조용히 살았을 텐데! 기회는 분명히 그쪽이 날린 거고, 저도 선택을 한 겁니다. 복수하기로요." 마지막 끝을 내기 위해 난 주머니 속 5연발 권총을 꺼내 배신자를 향해 겨눴다. 배신자는 쏘지 말아 달라며 사정사정했고 나도 최대한 시간을 끌었다. 이 배신자 새끼가 어디까지 추하게 굴까 궁금했으니. 하지만 그때 누군가가 방문을 두들기며 소리쳤다. "거기 누구 계십니까!" 하는 말투로 들어보니 조직원은 아닌 거 같았고, 경찰 아니면 소방관이겠다 싶었다. 더 이상 시간을 지체할 수 없었기에 난 손에 쥔 권총 5발을 모두 배신자를 향해 발사했다. 4발은 다리나 복부에, 마지막 한 발은 총상에 몸부림치는 배신자의 머리에 맞췄다. 내가 총을 다 쏘자 소방관과 경찰들이 문을 부수며 상황 파악에 들어갔고 난 조용히 무릎을 꿇고 양팔을 뒷머리에 올리면서 내 복수는 깔끔하게 끝이 났다.

사실 내가 생각 해 놓은 복수 이후의 삶은 없었다. 왜냐면 주머니 속에 챙겨 놨던 S&W M36 권총으로 배신자에게 2발씩 발사해서 양 다리와 머리에, 총 4발을 쏜 뒤 마지막 한 발은 내 턱이나 머리를 겨눈 뒤 발사하면서 끝내려 했었다. 하지만 갑작스럽게 들이닥친 경찰들과 소방관분들에 의해 순간 생각 해 놓은 표적을 잊어버린 채 5발 모두 배신자에게 쏴 버렸고 마지막 한 발이 배신자 미간에 박히자마자 경찰들이 문을 부시며 들어왔기 때문에, 거기에 모든 복수를 끝마치면서 느낀 공허함에 난 그저 경찰들이 요구하는 대로 순순히 응할 뿐이었다. 그렇게 화재 현장에서 체포된 나는 그동안 저질렀던 살인에 대해 전부 얘기하면서 재판까지 걸리는 시간이 상당히 짧았다. 50여 명 가까이 되는 사람들을 죽였으니 당연히 사형 판결이 나왔다. 하지만 내가 태어나고 자란 나라는 대한민국이었다. 사형 제도는 있으나 집행은 되지 않은 '실질적 사형폐지국.' 그렇게 나는 사형이라 쓰고 가석방 없는 종신형이라 읽는 형을 받아 교도소에 수감되었다. 연쇄살인범이 체포되어 사형 판결이 내려진 것에 대한 대중들의 반응은 조금 독특한 반응이 있었다. 아무래도 내가 상대한 사람들이 전부 흉악 범죄자들이었다는 점과 마지막 대학살의 대상은 대한민국 내의 상당한 규모를 자랑하던 폭력 범죄 조직이라는 점들로 인해 나를 옹호하는 세력 또한 생겨났다. 범죄자들만을 상대하며 끔찍하게 살해하고, 그들의 인육을 먹기까지 했다는 내 얘기를 들은 언론에서는 나에게 다양한 별명을 붙여댔다. '범죄자 잡는 범죄자' '한국판 덱스터'등 정말 별의 별 수식어가 생긴 내 반응은 별로 좋지 않았다. 그 이유는 교도소에 수감된 이후 날 찾아온 분과의 마지막 질의응답에서 나온다. 하지만 내가 굉장히 마음에 들었던 별명이 있었으니, 바로 '흉악범 도살자'였다.

  내 모든 이야기를 들은 그녀는 마지막으로 두 가지 질문을 던졌다. "와, 진짜 파란만장한 삶 사셨네요. 제가 언론 통해서 들은 건 극히 일부였네요. 그럼 마지막으로 질문 두 가지만 할게요. '선생님은 어떤 사람이라 생각하세요?', '굳이 범죄자들만을 상대하던 고집엔 특별한 이유가 있을까요?' 그녀의 마지막 두 질문에 나는 한 가지 질문에는 곧바로 대답이 떠 올라 대답해줬지만, 다른 하나는 도저히 생각이 나질 않았다. "아, 제가 어떤 사람이냐고요? 글쎄요. 제가 피도 눈물도 없는 사이코패스인지, 규칙 따위 무시하는 소시오패스인지는 그동안 저를 상대로 진행했던 심리검사 결과에 따라 알려지겠죠. 하지만 제 개인적인 생각으로써 저는 둘 다 아니라고 생각합니다. 저도 그냥 제 손으로 제 배를 채우기 위해 일하는 평범한 사람이라고 생각해요. 다만 방법이 잘못되었다 뿐이지. 그리고 그다음 질문에 대해서는…. 죄송하지만 생각이 나질 않네요. 조상 중에 저 같은 사람이 있었던 건지… 확실하지 않아서 대답해드리질 못하겠네요. 죄송합니다." "아니오, 괜찮아요. 충분히 답변해 주셔서 감사합니다." 그렇게 마지막 두 질문에 대한 대답이 끝남과 동시에 면담도 마무리되었다. 자리에서 일어나기 전 그녀는 나에게 이번 면담에 대해 물었다. "이번 면담은 어땠나요? 괜찮았나요?" "네, 정말 좋았습니다. 제 얘기를 처음부터 끝까지 집중해서 들어준 건 전에 얘기했던 누나 이후로 처음인 거 같네요. 감사했습니다." 훈훈한 분위기에 면담은 모두 끝났고 난 마지막으로 그녀에게 궁금한 걸 물었다. "저기! 혹시 저희 또 만날 수 있을까요?" 내 질문에 대한 그녀의 대답은 이러했다. "글쎄요. 하지만 한 번 정도는 꼭 다시 보지 않을까 하네요." 그 이후로 그녀는 그녀 나름의 삶을 사는 듯했고 나도 남은 내 삶을 계속 살기로 했다.

  처음이자 마지막 면담 이후로 그녀와의 두번째 만남은 이뤄지지 않았지만, 면담 이후 나한테 여러 변화가 생겼다. 왠지 모르게 잠에 쉽게 들지 않았고, 할 게 없어 그녀와의 면담 때를 회상하니 이상하게 심장이 빨리 뛰는 것 같았다. 나는 그녀의 근황이 굉장히 궁금하여 그녀의 삼촌인 교도소장님과 만나 그녀의 근황에 대해 여쭤봤다. "아, 내 조카 말이야? 글쎄 나도 자세하게 알고 있지는 않은데 너랑 면담하면서 얻은 정보로 논문을 썼나 봐. 굉장히 좋은 평가도 받았다 하고." 나와 대화한 게 그녀에게 큰 득이 되었다는 말에 괜시리 기분이 좋아진 나는 그녀와 다시 만날 수 있을까 물었지만 소장님은 힘들 거라 말했다. 그렇게 그녀의 근황에 대해 어느 정도 듣게 된 날이 저물며 취침 시간이 되었는데 얼마 전처럼 잠이 잘 안 오는 걸 넘어 잠자리에 눕기도 싫었다. '다시 만나긴 힘들다…' 도저히 잠이 오지를 않았기에 나는 침구 옆 작은 책상에 앉아, 편지 형식의 글을 쓰기 시작했다. 그리고 다음 날 아침이 밝아오면서 교도관들이 발견한 내 모습은 오른팔과 복부 부분에 여러 자상으로 인해 피를 흘린 채 쓰러져 있는 모습이었다.

　난 곧장 교도소 지정 병원으로 이송되었으나 상태가 굉장히 심각했는지 외부 병원으로 옮겨졌다. 그도 그럴 것이 오른팔의 경우에는 자상을 넘어 팔이 떨어져 나갈 정도로 그었고 무엇보다 복부 부분의 경우엔, 심장이나 폐 등 주요 장기가 위치해있는 곳까지 영향을 미쳤는지 생명에 있어 굉장히 위험했기에 외부 병원으로까지 옮겨졌다. 뭐 자해의 의도는 별거 없었다. 내가 마음속에 품게 된 영문 모를 답답함을 푸는 방법으로 자해밖에 몰랐으니까. 하지만 신이 내 죗값 대부분을 이승에서 치르도록 한 건지 치료는 정상적으로 마쳤고 난 곧장 산소 호흡기를 낀 채 중환자실로 옮겨졌다. 그렇게 중환자실에서의 시간이 얼마나 지났는지 가늠도 안 되던 때 누군가 중환자실 문을 열고 들어왔다. 내가 워낙 깊이 잠들었다 일어난 상태여서 그랬는지 바로 앞에 있던 중환자실 입구 문을 열고 들어온 사람마저 누군지 못 알아볼 만큼 뿌옇게 보여서 순간 나는 꿈속에 있는 줄 알았다. 그렇게 사람으로 추정되는 뿌연 형체는 중환자실 침대에 누워있는 나에게 점점 다가오더니 내 바로 옆에 걸터앉았다. 난 몸 전체를 움직이는 건 무리였지만 왼팔 정도는 내 의지대로 움직였다. 왼팔로 조용히 산소 호흡기를 벗은 뒤 침대 바로 옆 서랍 위에 놓은 안경을 꼈고 얼마 안 되어 내 옆에 앉은 뿌연 형체가 선명히 보이기 시작했다. 내 옆에 앉은 존재는 정~말 놀랍게도 첫 면담 이후 한 번도 보지 못했던 그녀였다. 난 반가운 마음에 먼저 말을 걸었다. "우와~ 진짜 와 주셨네요. 혹시 제 편지 보셨거나 들은 거 있으신가요?" 순간 그녀는 내가 혼수상태에 빠져있는 줄 알았는지 내 목소리를 듣자마자 깜짝 놀랐다. "앗! 정신이 드셨네요? 네 편지는 삼촌한테 들었어요. 몸은 계속 회복 중이셨을 텐데 조금 괜찮아지셨나요?" "네 누나랑 말할 정도는 돼요. 아 혹시 누나라고 불러도 될까요? 소장님께 들었는데 저보다 4살 누나이시더라구요." "편하실 때로 부르세요." 난 그녀와의 대화 도중 첫 만남 이후 그녀의 근황과 첫 면담의 끝부분에 받았던 두 개의 질문 중 대답하지 못했던 질문이 생각났다. "그동안 흉악범들을 상대로 그들을 죽였고 잡아먹기까지 하면서 제가 왜 그랬는지 쭉 생각해 보니까 생각난 건데 이제 제 첫 만남 때 대답해드리지 못했던 질문에 상응할 만한 대답이 떠올랐어요. 이유는 총 2가지로 우선 전 엄청난 겁쟁이입니다. 그래서 대중들에게 오롯이 비난만 받지 않기 위해 택한 방법 같아요. 그리고 두 번째 이유는 흉악범들을 도축해서 얻은 고기는 특히 더 맛이 좋더라구요. 그렇다고 제가 제 기억 속에 죄 없는 사람들을 잡아먹어 본 건 아니지만 도축해 먹었던 흉악범들의 죄질에 따라 맛이 조금씩 다른 듯했는데 아마 기분 탓이겠죠? 저한테 있어서 흉악범들은 식용을 위한 사냥감들이었고 죄는 곧 양념인 셈이죠. 이렇게 생각하시면 될 거 같아요." 그녀가 던졌던 마지막 질문까지 모두 대답해준 나에게 그녀는 고마움을 표하며 자리를 뜨려고 하자, 이번엔 내가 그녀에게 부탁했다. "저기 혹시 누나? 저랑 악수 한 번만 할까요?" 내가 악수하자면서 손을 내밀자 그녀는 한 치의 망설임도 없이 내 손을 잡아줬다. 그때 난 나도 모르게 칼자국으로 얼룩진 몸을 약간 일으킨 뒤 살포시 그녀를 안은 뒤 한마디를 전했다. "진심으로 감사합니다. 누나." 너무도 갑작스러운 내 행동에 그녀는 많이 놀랐는지 날 조심히 바로 눕혀준 뒤 작별 인사와 함께 떠났고 다시 혼자 남겨진 나는 다시 눈을 감았다.

다시 눈을 감은 이후의 나는 어떻게 되었을까? 그대로 죽었을까? 아님 잠시 잠에 든 걸까? 다시 눈을 감은 이후 내 운명은 내 이야기를 끝까지 들어준 당신이 생각하는 끝이 있다면 그게 맞다.